目次

北里柴三郎（上）

雷《ドンネル》と呼ばれた男　新装版

【主な登場人物（上）】

北里乕（きたさと・とら）　北里柴三郎の妻。松尾臣善の次女

松尾臣善（まつお・しげよし）　乕の父。大蔵省に入省し、のちに第六代日本銀行総裁に就任する

C・G・マンスフェルト　熊本医学校時代の恩師。オランダ人医師。北里の人生を決定づけた人物

長与専斎（ながよ・せんさい）　北里の上司で内務省衛生局長。日本衛生行政の祖。北里のドイツ留学に尽力する

後藤新平（ごとう・しんぺい）　同僚の医師。若い頃は北里と反目しあうが、後に交流を深める。後年、満鉄総裁、東京市長

緒方正規（おがた・まさのり）　熊本医学校時代の同輩。北里より先にドイツ留学を果たし細菌学を学ぶ。脚気菌説で北里と論争を展開する

石黒忠悳（いしぐろ・ただのり）　陸軍軍医監であり衛生局次長も兼務する。日本の軍医制度確立者。北里のドイツ留学に尽力する

森林太郎（もり・りんたろう）　号は鷗外。明治期の官吏、軍医、文学者。北里とほぼ同

時期にドイツ留学を果たす

ローベルト・コッホ　ドイツが生んだ細菌学の世界的権威。北里のドイツ留学中の恩師

第一章　立志の道

一

――一体、何の用だろう？

北里柴三郎《きたさとしばさぶろう》は薄暗い控え室で一人、椅子に座っていた。固い木の感触を臀部に感じて、先程から何度も座り直していた。もう一時間近く待たされているが、一向に呼ばれる気配がない。

明治十六年（一八八三年）六月初めだった。この日の夕刻近く、突然、三宅秀《みやけしゅう》東京大学医学部部長の部屋に来るように言われたのである。だが、いくら考えても呼び出しに思い当たるふしはなく、心細さが先に立っていた。これまで教授の部屋に呼び出されたためしはあったが、医学部長じきじきの話は初めてである。

――卒業の話だろうか。

この日は梅雨模様の蒸し暑い陽気にもかかわらず、膝に置いた手のひらには冷や汗さえ滲んでいる。

この時期、卒業式が一カ月後に迫っていて、医学部本科生のあいだでは卒業の話でもちきりだった。卒業試験はパスしたものの、素行面での厳しい評価のため学位記をもらえない者が多数いるらしいという噂があり、動揺が広がっていた。落第者は密かに呼ばれ、留年を宣告されるとまことしやかな話も飛び交っている。

柴三郎が東京医学校（現東京大学医学部）に入学した明治八年の頃、医学校は、予科三年、本科五年が基本だった。予科に柴三郎とともに入学した百三十余名の学生のうち、本科を経て月日が経過するなかで、八割方はすでに脱落し指導者としての道を諦めている。将来、国民の生命を預かる職に就くとして、当局の教育は厳格を極めた。このため、全国の俊英を集めたにもかかわらず、学生数が激減してしまったのである。

柴三郎といえど、卒業には一抹の不安はあった。

学業的にはまず心配はないはずと考えていた。特に、同期生が苦手としているドイツ語は、熊本医学校時代からの積み重ねもあり、学生たちを教えられるほどに上達していた。他の教科も恥ずかしい点はとっていない。が、心配は素行の面である。

この頃、明治維新からさして年を経ていず、全国各地には元士族たちの不平不満が満ちあふれていた時代だった。家禄制度の廃止が混乱と怒りをさらに増幅させていた。新しい時代の幕開けではあったが、文明開化、富国強兵の名の下での急速な変化は、社会の随所で混乱と矛盾を引き起こしていた。西南戦争の余燼《よじん》もくすぶり、平和安寧の時代には程遠く、人心はまだまだ殺伐としていたのである。

医学部本科生は寄宿舎での生活が原則だった。血気盛んな男たちの集団生活は時代の風潮とも重なって、学校や寄宿舎で種々の摩擦と争いを生じさせた。

「肥後もっこす」を自認する柴三郎は寄宿舎内を着物の裾をひるがえし、肩で風を切って歩いた。さほど大柄ではないが、骨太の引き締まった体だった。目は大きく、眉はつり上がり、いかにも九州男児然としていた。雄弁は男子たるもののしるしのひとつだとして、自ら信じる所をこぶしをふりあげ、声高く訴えた。柴三郎の蛮行は知れ渡っていて、外国人教師をはじめ、教授たちから異端視されていた。柴三郎はもちろん、異端児扱いに気づいていた。だが、血が騒ぎ、黙っていられず体が動いてしまうのである。

そうした素行を日頃から疎ましく思っている教師もいて、卒業にあたり、しっぺがえしをされる可能性があった。

――それとも……。

柴三郎にはもうひとつ、誰も知らない入学時の秘密があった。それが露見するとあるいは卒業の資格を失うかもしれない。

――知られてしまったのか。

不安がさらに増幅し始めた。手のひらの汗はいくら拭いても滲み出て、着物の膝が濡れる程だった。

そのとき、部長室のドアが開き、秘書が柴三郎の名前を呼んだ。

部長室では三宅秀医学部長が接客用のソファに腰掛け、手にした書類をしきりに眺めていた。

柴三郎は入り口に佇んだまま、その端整な横顔を眺めていた。典医の家柄で、文久三年

（一八六三年）の遣欧使節団に随行して洋行を果たし、その後、米国流の医学を修めた三宅はある意味で柴三郎の憧れであり、目標だった。雲の上の存在である。

「おう、君か、座りたまえ」

三宅は書類から目を離して、椅子を促した。

一礼して、柴三郎はソファに居住まいを正しながら浅く腰掛けた。クッションのきいたソファは座り心地が良く、控え室の木の椅子とは比べものにならなかった。

「急に呼び出して悪いことをした。邪魔ではなかったかな」

「いえ、何もありません」

散らかり放題の部屋を卒業にあたり、そろそろ片づけにかかろうかと考えていたところである。何も用事はなかった。

「そうか。きみに来てもらったのはほかでもない、卒業のことだ」

三宅は手にした書類を一瞥《いちべつ》して言った。書類は卒業者の資料らしい。

――やはり……。

柴三郎は悪い予感が的中したのを感じた。落第者を呼び出すのは本当だったようだ。

「きみはいま、内務省に雇われているね」

四月より内務省の官費生として省内の雑事をこなし、月額七十円が支給されていた。まだ見習い期間である。それを学費や生活費に充てている。

「ええ、結婚もしましたから生活のことを考えねばなりません」

柴三郎は言った。

この年の四月に、柴三郎は大蔵省官吏、松尾臣善《しげよし》の二女、乕《とら》と結婚している。十四歳年下だった。入籍も済ませたが、柴三郎はまだ学生の身なので同居はしていない。松尾臣善は経理、会計に明るく、後年、第六代の日本銀行総裁に就任する人物である。七年八カ月と長期にわたり在任し、高橋是清《これきよ》にバトンタッチした。

柴三郎の乕との出会いは、生活費を捻出するアルバイトが縁だった。

郷里からの仕送りを期待できない柴三郎は長養軒という牛乳会社で良質の牛乳を製造するために指導力を発揮した。牛乳の品質管理、作業場の環境衛生、外国文献の情報整理、乳牛の輸入手続きなど、柴三郎の仕事は重要視された。後年の細菌学研究の芽ばえをこの牛乳会社で見せたのである。会社の社長は松尾臣善の弟だった。柴三郎の精勤振りと指導力に感心した社長が臣善に紹介し、見合い結婚がまとまったのである。

柴三郎は実弟の学費もアルバイトで工面していた。弟の裟袈男《さかお》を郷里の熊本、小国《おぐに》から呼び寄せ、東大法学部に進学させて、長男としてその生活費も負担していた。

「仕事はきついかね」

三宅はたずねた。

「いえ、そうでもありません」

内務省の仕事は、すでに辞めている長養軒の作業ほどきつくはなかった。

「学校を終えたらその仕事はどうするのかね」

「どうすると申しますと？」

「続けるつもりなのかどうかだ」

「それは……」

　柴三郎はひとつ深呼吸をついて言葉を継いだ。

「卒業できると、それがわかったときに判断します」

「だから続けるつもりなのかどうかときいている」

「えっ、すると先生、わたしは卒業できるのですか」

　柴三郎は思わず膝を乗りだした。

「どういうことかな。君は卒業できないと思ったのかね」

「いいえ、そぎゃんこつ、ぜんぜん思うとりまっせん」

　急に肥後弁が口をついて出た。同時に生来の向こう気の強さも表れた。

「安心したまえ。きみは卒業できるよ」

　三宅は微笑みを浮かべて言った。

「はっ、ありがとうございます」

　柴三郎は着物の襟を合わせ、ずんぐりした体を縮めながら、深々と頭を下げた。

「落第者は先生に呼ばれて引導を渡されるともっぱらの評判です」

　柴三郎は寄宿舎内で飛び交っている噂話を伝えた。

「それは悪い冗談だな。そんな話をきみが信用したのかね」

「はっ、そうであります」

柴三郎は肩をすぼめて答えた。

「それにしても、きみは相当暴れた口だね」

三宅は故意に眉根を寄せて柴三郎を見つめた。

「申し訳ありませんでした」

柴三郎は恐縮しながら再び体を折り曲げた。

「きみが学生を集めて作った結社、あれ何といったかね」

「同盟社《どうめいしゃ》のことですか」

「そうそう、同盟社だ」

少し元気が良すぎる結社だったと、三宅は言った。

柴三郎が予科二年生のとき――、明治九年（一八七六年）十二月に学校が神田和泉橋から、本郷の旧加賀藩屋敷跡に移転した。

この頃、柴三郎は、男子たるもの雄弁に天下国家を論じる必要があるとして、十数名の学生から成る「同盟社」と称する結社を作った。弁論を鍛えるのが主な目的だった。毎週土曜日に演説会を開き、政治から経済、外交、教育に至るまで討論を重ねた。講義録の印刷や柔剣道大会の開催も手がけ、ストライキには率先して動いた。

柴三郎は熊本細川藩の藩校、時習館《じしゅうかん》で柔道、剣道を習い覚えているので、腕には自信がある。寄宿舎内では、血気盛んな学生たちのあいだで、議論か喧嘩か分からない争い事が日常茶飯事に発生していた。そのなかでも、自他ともに認める肥後もっこすで、年長者の部類にはいる柴三郎は一目置かれた存在だった。

「同盟社」の主将は柴三郎で、副主将は伊東重《しげる》だった。伊東は後年、弘前で開業し、その後、鍛えた弁論が役立ったのか、弘前市長、衆議院議員を務めている。

もっとも、寄宿舎では、喧嘩ばかりでなく、医学生には不似合いな子どもじみた行為もあった。

寄宿舎の食事はまずいのが相場だった。

それを給事係に言おうものなら、

「親の臑《すね》かじりの分際《ぶんざい》で生意気《なまいき》を言うな」

と逆ねじを食うはめになる。

給事係はもともと威張りちらしていて学生には煙《けむ》たい存在である。そうした学生に鬱憤《うっぷん》がたまると、賄《まかな》い征伐と称して給事係を懲《こ》らしめる行為に及ぶ。給食室に乱入して、調理台をひっくり返し、什器《じゅうき》を壊すのである。事が食べ物だったので怨みもつのったようだ。

夜泣きそば屋も犠牲になった。夜になって空腹を覚えた学生が、屋台を寄宿舎の窓から呼び止めて注文する。そして、竹かごを下ろして器用にそばやうどんを受け取ると、たちまち食べ終わるが、支払いは知らん振りを決め込む。そば屋が下からいくら叫んでも知らぬ存ぜぬを押し通した。

遊び好きは、夜隠に乗じて外出し、深夜になって窓から帰宿した。また、学生同士で口裏をあわせて勝手に休講にする同盟休学も決行した。

さらに、「虹かかり」と称して、二階から小用を足す不届きな行為もあとを絶たなかった。大学は学生たちの蛮行に頭を痛めた。そして、度が過ぎると業を煮やした校長の長与専斎《ながよせんさい》は、蛮行には力で制圧しなければならないと考えた。

そこで「適塾」の同門で、慶應義塾を主宰して顔の広い親友の福沢諭吉に相談をもちかけた。福沢諭吉は、後年、柴三郎にとって公私にわたり第一の恩人となる人物である。そうした事情はこの時、お互い知る由もない。

福沢諭吉は、腕力のある二人の男を紹介した。草郷清四郎《そうごうせいしろう》と三輪光五郎《みわみつごろう》の二人で、この男子二名を、長与専斎は寄宿舎の塾監として送り込んだ。草郷は紀州藩出身で、福沢の乗馬師範だった。東京医学校を経て、横浜正金銀行に入社、晩年は小田原電鉄の社長を務めた。三輪は福沢と同じ中津藩の出で、鉄砲洲時代からの塾生だった。築地海軍兵学寮の教官を経て、ヱビスビール会社の支配人の職に就いた。

二人の塾監は、就任早々、各級に招集をかけ代表三名ずつを呼び出した。そして、塾監室の前の廊下に集めて横一列に整列させた。柴三郎ももちろん代表に加わっていた。

「さて」

と草郷清四郎は手にした竹刀の先端を床に叩きつけて口を切った。

そして、代表たちの顔を一人一人睨《ね》め付けて行った。大柄な草郷が学生たちを見下ろすような格好だった。

「この寄宿舎は乱暴狼藉が跋扈《ばっこ》している。とんでもない話だ」

怒鳴り声が学生たちの鼓膜を振動させた。

草郷清四郎は竹刀を肩に移し、学生たちの前を行き来しながら続けた。

「今後、もし寄宿舎規制を乱し、学生の本分にそむく行為があれば仮借せず処分する」

いいな、分かったか、と草郷清四郎は再び代表たちを睨め付けた。

「容赦しない。返事はどうした！」

今度は三輪光五郎の怒鳴り声が廊下に響き渡った。

そのとき、柴三郎は一歩前に出て、

「ひとつ質問があります」

と言った。

草郷清四郎は不意に出てきた男にゆっくり近づいて、上から下まで眺め渡した。

「なんだ、いってみろ」

草郷清四郎は竹刀を肩に置いたまま顎をしゃくった。

「いま、貴君は寄宿舎内に乱暴狼藉が跋扈しているといいました」

「ああ、いったとも。それがどうかしたか」

「何を根拠にそんなことがいえるのですか」

「何っ、根拠だと」

「根拠がなければ他人を非難したりできないはずです」

柴三郎は胸を張り、真っ直ぐ前を見て言った。

「根拠か、そんなもの、校長にきけばすぐ分かる。当たり前だ」

草郷清四郎は竹刀の先を床に叩きつけた。威嚇の音が床にこだました。

「すると、何ですか。貴君は他人の話を鵜呑みにするのですか」

「どういうことかっ」

「他人からきいた又聞きの話を信じるのですか。自分の判断を尊重すべきではないでしょうか」

「相手は校長だぞ」

「校長がすべて正しいとは限りません。貴君は自分の意見というものがないのですか。男子たるもの、そぎゃんこってはほんなこっ嘆かわしかっ」

突然肥後弁が出た。

「何っ」

体を震わせ、草郷清四郎は竹刀を振り上げようとした。

とっさに柴三郎は身構えた。居ならぶ寄宿生たちは息を呑んで見守った。

そのとき、三輪光五郎が竹刀を制してあいだに入った。そして柴三郎と向き合い、

「まだ、わしらはここへ来たばかりだ」

と言った。三輪光五郎は形勢不利と読んだようだ。

「しばらく様子をみる。それでどうだ」

「とにかく、われわれを不良扱いするのはやめてもらいたい」

柴三郎の先制攻撃だった。初日から新入りの塾監二人を凹ませたのである。

草郷清四郎は三輪光五郎になだめられ、しぶしぶ塾監室に消えた。

それでも塾監二人は強圧と威嚇の指導を画策し、事あるごとに学生に圧力をかけた。演説会に出席した学生を一人ずつ呼び出して、監禁状態で詰問するのは常套手段だった。

そこで柴三郎たちは鉄槌を下すべく、一堂に集まり密議をはかった。草郷清四郎は毎日、自慢の馬に乗って大学に通っていた。

「道で待ち伏せして、一撃を加え落馬させたるたい」

柴三郎が竹刀を振り下ろす真似をすると、学生たちは拍手でこたえた。

だが、この計画はなぜか塾監二人に察知され未遂に終わった。

草郷清四郎は学生たちの謀議を校長に訴え出た。

「とても手におえる相手ではありません」

閉口する塾監に、長与校長は恫喝的な指導は諦めて、級代表と合議して生活指導にあたる旨、方針転換をはかった。

こうして、寄宿舎内の生活は柴三郎が主宰する「同盟社」のペースでほとんど事は運んだのだった。

また、柴三郎は教師、シュルツとのあいだにも事件を起こしている。

当時、日本は国策としてドイツ医学の導入を決めていて、東大医学部はドイツ人医師を教師として雇っていた。いわゆる、「お雇い外国人」で、授業はドイツ語で行なわれた。

お雇い医師で有名なのは、内科のエルウィン・ベルツ、外科のユリウス・カルル・スクリバである。この二人に前後して何人ものドイツ人医師が招聘《しょうへい》された。ほとんどのお雇い教師は数年で帰国しているものの、ベルツとスクリバの二人は共に二十年以上という長期にわたり日本に滞在した。

エミール・シュルツもお雇い医師のひとりである。ベルリン大学で医学を修め、王立病院医員、ヴィルヘルム軍医学校に勤務した後、明治七年、日本に招聘され外科と眼科を教えた。明治十一年に一旦帰国したが、翌年に再来日して明治十四年まで教鞭をとった。

シュルツは自ら作成した講義要領を学生たちに配り、その線に沿って授業をすすめた。ところが、教室で行なわれる抜きうちの試験で、まだ講義の終わっていない箇所から平然と出題していた。それも一回や二回でなく、しばしば行なわれた。学生たちは何度か抗議したが、一向にやめる気配はなかった。

このやり方に柴三郎は疑問を抱き、怒りさえおぼえていた。

「こぎゃんこつ、教師にあるまじき態度たい。許せんばい」

義俠心にかられた柴三郎は、

「あの先生が今度、講義の終わっていない箇所から出題したら、一切答えないようにみんなで示しあわせよう」

と学生たちに提案したところ、一同は大賛成した。

そんな事情を知らないシュルツはある日、再び未講義の箇所から試問した。

だが、どの学生を指しても、

「まだ習っていません」

と言うばかりで、誰も答える者がいない。

教壇でシュルツは首をひねりながら困惑した。しかし、どこの世界にも抜け駆けする者はいるもので、ある学生がシュルツに指されると、習っていませんが答えますと解答を言った。

このあたりでシュルツも教室の空気を察知し、怒りに体を震わせた。

「学生の身であるのに、何という態度か。これではまともな医者にはなれない。教えても意味がないので、終わりにする」

シュルツは机を拳で叩いて、教室を出ていってしまった。

柴三郎の級一同は、してやったりとばかり、床を踏み鳴らして拍手喝采したのだった。

怒りのおさまらないシュルツは、医学部長室に出向いて抗議した。

「じつに無礼な学生たちだ。わたしは教師の職を辞任し、帰国することに決めました」

「待ってください、先生」

三宅はあわてた。帰国されては学内の監督責任を問われるし、医学部の体制を維持できない。代わりのドイツ人教師を手配するには人選を含めて一年以上の時間を必要とする。

「いや、わたしは帰ります」

シュルツは強硬だった。止めるのも聞かず、そのまま部屋を出ていってしまった。

三宅は急いで善後策をはかる必要にせまられた。そこで、お雇い教師のあいだで人望もあり、リーダー格のベルツに相談した。

ベルツにとって、シュルツは五歳年上で、お雇い教師としては二年先輩だった。そして、教育熱心だが、ときに短気に走るシュルツの性格を見抜いていた。本気でドイツに帰国する意志はなく、単なる一時の癇癪《かんしゃく》と踏んでいた。この際、喧嘩両成敗が得策と考えた。

ベルツの提案した仲介策に賛同した三宅は、早速、シュルツと柴三郎はじめ主要な学生を会議室に集めた。

「学生たるもの、教師に敬意を表すことに意義はないな」

ベルツは学生たちに向かって聞いた。

「ありません」

柴三郎は答えた。

「きみたちはシュルツ先生の授業中に敬意を欠く行為があった。この場で先生に謝りたまえ」

「すんまっせんでした」

柴三郎は頭を下げた。詫びるのは本意ではなかったが、シュルツも謝ると聞いていたので素直に従ったのである。

「シュルツ先生も学生たちが混乱する授業は本意ではないと思います」

ベルツは今度はシュルツに向かって言った。

「もちろんだ」

シュルツは頷いた。

「それなら、先生、教室の口答試験は学生たちの混乱を避けるためにもなるべく講義したところから出してもらえますね」

ベルツが促した。

だが、シュルツは黙っている。

「どうなのです、シュルツ先生」

ベルツが再度、たずねた。

しかし、シュルツは口を閉ざしたままだった。

――ふざけとっばい。

柴三郎は両手を握りこぶしにした。こっちが素直に詫びているのに相手が応じないなら考えがあると胸の中で身構えた。

「わかった。できるだけ講義したところから試問するようにしよう」

シュルツは不承不承にこたえて矛をおさめた。

もともと教師を辞める気のないシュルツは、数日後に教壇に復帰した。

――十年ほど後、柴三郎はこのシュルツとドイツで偶然出会う。すでに医学部・寄宿舎時代の柴三郎ではなく、ローベルト・コッホの下で学ぶ世界の細菌学者に仲間入りしていた。

この頃、シュルツはステッティン市の病院長を務めていた。

コッホは当時、自ら主宰する伝染病研究所で毎週土曜日に内外の医療文献を研究する勉強会を開いていた。コッホが座長を務め、所員が文献を発表していた。柴三郎もときに応じて文献を抄読した。

この会が終わると、町のレストランに赴き、ビールを飲むのが定例となっていた。ある日、この定例会にシュルツが参加したのである。

シュルツは柴三郎が居合わせているとも知らず、ちょうど、これも日本で教鞭をとっていたデーニッツが来ていたので、ビールの酔いにまかせて日本の思い出を語った。

「日本の学生はよく勉強するが、一方で、授業を妨害する不届き者もいました」

苦労のし通しでしたと嘆息してからジョッキをあけた。

そのとき、柴三郎が、

「わたしも先生の授業を受けた一人です」

と進み出て、名を名乗った。

シュルツは眼を大きく瞠《みひら》いて柴三郎を見つめるばかりで、言葉が出なかった。

「仲間うちで、先生の授業はほかの先生に比べて厳格であると評判でした」

定例会の参加者一同は飲食の手を休めて柴三郎の話に耳を傾けた。

「そう厳格な授業をした覚えはないが……」

シュルツは意外な人物の出現に狼狽していた。

「わたしなど、あるとき先生から、きみは医者になる見込みはないから学校に来るのはやめたまえ、と忠告をうけました」

「まさか、何かのまちがいだろう」

「いえいえ、教室で突然行なわれる試験は準備のしようがなく、みんな恐れていました。わたしが一番泣かされた口です」

「それは申し訳ないことをした」

この場で謝り、退学勧告は取り消しますとシュルツは巨漢を縮めて、何度も頭を下げた。するとと参加者からさざ波のように笑いが起こり、やがて笑いの渦につつまれた。一同は思わぬ思い出話を肴《さかな》に、ジョッキをあけるピッチも速くなったのだった。

寄宿舎時代の〝シュルツ事件〟にみるまでもなく、柴三郎は蛮行に逸話を残しているので、卒業を一カ月後に控えたこの時期、素行面から卒業できないのではないかと真剣に考えたのも無理はなかった。

「あのとき、わたしはシュルツ先生に強く抗議され、そればかりか、帰国するの一点張りで弱った」

三宅医学部長は当時が思い出されたのか、首のあたりをしきりに撫でまわした。柴三郎は居心地悪く、さらに身を縮めた。

「あと一カ月もすれば卒業だ。きみは同盟社で暴れていたようだが、演説はなかなかのものだった」

三宅医学部長は言った。

柴三郎は意外な話の展開に戸惑った。

「どこできかれましたか」

冷や汗が流れていた。教師を相手に演説したためしはない。医学部長に聞かれたかと思うと、驚きと羞恥心で、恐縮するばかりである。

「講堂の壇上に乗って熱弁をふるっているのを通りがかりにきいた。演説もうまいが、わたしが感心したのはその内容だ」

「はあ……」

何を演説したか柴三郎はあまり記憶がなかった。弁論のテーマは、政治、外交から教育、社会事件まで広範で、そのつど変わっていた。

「きみはしきりに医者は誇りを持たねばならないと訴えていた。いまの医者は自分の栄華だけを祈り、高貴富豪の前で揉み手をして卑下している。こうした迎合の態度は少しも医道を進歩させないともいっていた」

それは柴三郎の持論だった。病気の知識を大衆に教えずに独占し、医者が自分の生計だけを目当てに、それも金持ちや権力者を相手に治療に当たっている。これは本来の医道からはずれた行為である。医学を志す人間は、医術を究め、理論と技術をともに徹底して研究し、大衆と国家の健康に貢献しなければならない。それを怠っているから、「医者、巫者《ふしゃ》、坊主」と軽蔑されるのである。

柴三郎は大学内でともすれば、医学が法律学や政治学、経済学に比べて下位に見られているのが我慢ならなかった。しかし、その種を播いているのは、取りも直さず、医者自身なのである。

「それと医者は病を未然に防ぐのが医道の基本であるといっていた。人民に摂生と保健の方法を教え、健康の重要性を説かねばならない、と」

じつに立派な演説だったと三宅は言った。

柴三郎は「医道論」と題して、和紙八枚にわたる演説草稿を認《したた》め、事あるごとに自身の医学論、公衆衛生論を訴えていた。これは同盟社の主将として医学生に主張した、柴三郎のいわば、〝医学哲学〟だった。後年、細菌学と衛生学を研究テーマに据え、伝染病の予防と撲滅を企図した、柴三郎の活動を暗示する内容だった。

「医道論」の最後は七言絶句で締めくくっている。

「保育蒼生吾所期（保育蒼生《ほいくそうせい》　吾《わ》が期《き》する所《ところ》）
成功一世豈無時（成功一世《せいこういっせい》　豈時無《あにときな》からんや）
人間窮達君休説（人間窮達《にんげんきゅうたつ》　君説《きみい》うを休《や》めよ）
克耐苦辛是男児（苦辛《くしん》に克《よ》く耐《た》う　是男児《これだんじ》）」

男子たる者、公衆衛生の難事に刻苦勉励して立ち向かえば成し遂げられないはずはないという意味である。興にまかせ、一気に作った漢詩であるがひどく気に入っていた。

「生意気かもしれませんが、わたしは医学を学び、医者になることは男子の大志の対象だと思っています」

柴三郎は言った。

熊本の時習館時代、柴三郎はまだ医者を生涯の目標として定めていなかった。軍人を志望し、医者は軽く見てむしろ避けていた。だが、オランダ人医師、マンスフェルトと出会って指導を受けるうち、考えが一変した。医学の学問的深淵を知り、将来の進路は医者に向かったのである。

「きみは同盟社を結成してかなり暴れた口だが、それもいわば社会勉強の一環だった」

少しは世の中が分かってきて、視野が広くなったようだ、というのが三宅の判断だった。

「きみの論文を読ませてもらった」

三宅はいきなり言った。

「論文を……」

意外だった。確かに論文めいた原稿を執筆し、大日本私立衛生会に投稿したのは事実である。だが、まだ誰にも知られていないはずだった。なぜ三宅部長が知っているのか不可解だった。

「蠅の話のことですね」

柴三郎自ら、自分の文章を論文と呼ぶのは少し気がひけた。

「そうだ。なまの論文原稿を読ませてもらった」

三宅はうなずいた。

「先生はどこでわたしの原稿を？」

「私立衛生会だ」

三宅は大日本私立衛生会の評議員を務めていた。

明治初期、人口が都市に流入して密集化が進み、また、海外との交流も盛んとなって伝染病の流行する条件が揃ってしまった。伝染病は国民を疲弊させ、国力を削ぐ。明治政府にとって、伝染病との闘いは焦眉《しょうび》の急だった。そこで、法律を整備しつつ新政府内に伝染病対策の部署を設置した。大日本私立衛生会は、そうした政府の方針に沿って組織された民間の機関である。衛生知識の普及をめざし、広く国民に公衆衛生の向上をはかるために、この年（明治十六年）二月に結成された。佐野常民（日本赤十字社の創始者）が会頭を務め、副会頭は長与専斎だった。

柴三郎の書いた原稿は「蒼蠅《あおはえ》ハ病毒伝染ノ一媒介者」と題する論文だった。

「凡ソ宇宙間ニ棲息スル下等動物中或ハ大ニ吾人ノ用ヲ便ズルモノアリ」

という書き出しで始められ、次のように蝿の害を説いている。

「萬般ノ物苟《いやしく》モ臭気ヲ発スルニ至レバ茲《ここ》ニ群衆吸摂シテ之ヲ飛散シ再ヒ飲食物ニ来リ其以前摂取シタル所ノ悪臭腐敗物ヲ共ニ飲食物上ニ貽留《いりゅう》シ以テ吾人ノ健康ヲ害スル事尠少《せんしょう》ナラズ」

蝿はその病毒を至る所に散布する恐るべき伝染蔓延の媒介で、脾脱疽病毒を伝染すると書物に出ている。だが、コレラ、赤痢、チフスなどについては、まだその関係を記述する書籍はない。こうしたコレラや赤痢、チフスなども、蝿が媒介して伝染させているに違いないと柴三郎は想像するのであるが、「充分ノ実験ヲ経ザルヲ以テ其説ヲ據證《きょしょう》シ能《あた》ハザリシ」と思っていた。ところが、ドイツの医学雑誌に、蝿と伝染病との関係を証明する論文を発見したので、その説を紹介するというのが柴三郎の主旨だった。ドイツの医学雑誌に掲載されていたのは、ドクトル・グラッシー氏の蝿と伝染病とを関係づける顕微鏡による実験だった。蝿が媒介して伝染毒物を蔓延させるさまを、戸外と遮断した室内で蝿を飛ばす科学的な実験により証明した。

この実験により、柴三郎は「余ガ多年ノ想像説ヲ詳明ニ確定スル事ヲ得タリ」と書いている。自ら想像していた説をドイツの医学専門誌に見出し、ある種の喜びを感じて、実験内容を抜粋して翻訳したのが、この論文だった。

「蝿と伝染病の関係は一部の専門家のあいだでは信じられていたが、きみのこの論文でさらに信憑性が増すと思われる」

よくドイツ人の論文を見つけたものだと三宅は言った。語学力がなければドイツ論文の読み込みは不可能だった。医学部、本科の学生の身にしては、研究熱心であるし、内容も一定の水準を超えていた。

この柴三郎の論文は、大日本私立衛生会の刊行する「大日本私立衛生会雑誌・第七号」に掲載された。いわば、公式に残る柴三郎の初めての論文だった。

「論文を読むのは好きです」

柴三郎は控え目に答えた。公衆衛生学の現場に身を置きたいと思うと同時に、衛生学の実験に従事してみたいとも考えた。柴三郎のひとつの夢となっていた。未知の学問分野であり、自分には何ら経験はなく見果てぬ夢でしかなかったが……。

「あの論文を読んでわたしが感心するのはきみの実証主義の考えだ。実験を経てないから自分では証明できないときみはことわっている」

「実際に実験していませんから」

「その通りだ。だが、往々にして、自分の理想や思い込みで説を構築しがちだ」

「白黒はっきりしないものを勝手に色はつけられません」

柴三郎の本心である。肥後もっこすは融通がきかない。そのかわり、一度決めたら梃子《てこ》でも動かない。

この論文で窺えるのは、三宅が指摘するように柴三郎の実証主義の態度である。生涯貫かれた信念のようなもので、自分で確認しないと納得しなかった。科学的検証を必要とする細菌学には適した性格だったかもしれない。だが、ともすれば妥協を嫌い、摩擦を生じさせた要素でもあった。

「実験も楽しそうです」

柴三郎は言った。

「やってみたいかね」

「ええ、機会があれば……」

三宅はそれに触れず、

「卒業後はどうするつもりだ」

と聞いた。

卒業できると分かって、今度は進路が問題だった。だが、改めて聞かれるとすぐには答えられない。

医学部を卒業して医学士の資格を得ると、普通、地方の病院長か医学校長になって土地の名士になるのが通常のコースだった。そして、そのまま土地に残って臨床医や教育者として活動するか、再び東京に戻って次のステップを踏むかのどちらかだった。

三宅としてはあらかじめ柴三郎から志望を聞いておいて対応しなければならない。病院長に出向するとなると、候補の病院を想定しておく必要がある。

柴三郎には将来の目標があった。実験生活もさることながら、密かに夢みているのは、外国、それもドイツ留学だった。これは熊本医学校時代に教師のマンスフェルトに強く勧められて抱いた目標でもある。さらに、熊本医学校時代の同輩、緒方正規《おがたまさのり》は三年早く上京して、明治十三年東大を卒業して後、ドイツ留学を果たしている。まだ留学の最中で、帰国していなかった。先を越されたという気がしないでもない。

だが、いまの柴三郎にはただちに洋行できる環境になかった。妻を娶《めと》ったばかりで、自分の生活の資を稼がねばならない。弟の学費の面倒もみている。ドイツ留学など夢の夢だった。

「卒業後は内務省に入り、公衆衛生の活動に携わりたいと思います」

内務省の官費生でもあるから、それが一番自然な形だった。また、「医道論」も実践できる。

「そうか、では、長与衛生局長にその旨伝えておくから、後日、訪ねて行くのがよいだろう」

三宅は約束した。

「きみが卒業してしまうと、あの元気な演説もきけなくなる」

三宅は少し揶揄《やゆ》して言った。

柴三郎は恐縮しながら部長室をあとにした。柴三郎が最も恐れていたのは、卒業できない事態だったが、それだけは回避できた。卒業できないと故郷の父母に顔向けできないばかりか、自分の夢も壊れる。安堵と解放感で胸をなでおろしていた。廊下の木張りの床に足音が心地よく響いた。

——あの話でなくてよかった。

誰も知らない入学時の秘密の話を思い出すと背中に冷たいものが流れるのである。

柴三郎は嘉永五年十二月二十日（一八五三年一月二十九日）、父・惟信《これのぶ》、母・貞《てい》の長男（四男五女）として、肥後国阿蘇郡小国《おぐに》郷北里村に生まれた。阿蘇山をはじめ、久住山《くじゅうさん》、涌蓋《わいた》山《さん》、酒呑童子山《しゅてんどうじやま》など九州の山々に囲まれた山峡の小さな村である。村の中央を北里川が貫き、産業は林業と農桑《のうそう》の寒村だった。父・惟信は総庄屋を務めていた。二十三歳で家督を継ぎ、続いて、豊後森《ぶんごもり》（大分県玖珠《くす》郡）の久留島藩士・加藤海助の二女、貞と結婚、翌年に柴三郎が生まれた。

柴三郎は生まれつき頑健で、病気らしい病気をしないで育った。負けず嫌いで、腕力もあり相手構わず取っ組み合いの喧嘩をした。親の心配をよそに擦り傷や生傷が絶えなかった。満六歳のとき、寺子屋に入り、読み書きを習った。三年あまり通ってから九歳の春、母親の方針で小国から少し離れた伯母の家に預けられた。ここで二年にわたり、四書五経の素読を受け、さらに母親の里方である加藤海助宅に移って預けられ、三年間私塾に通った。この間、一度も帰郷しなかった。

柴三郎は少年期、親戚の家とはいえ、他人の家に預けられる機会が多かった。これは気丈な母・貞の方針で、良質の教育環境を求め、また、柴三郎の心身を鍛練するのが目的だった。ともすれば、自慢の腕力ばかりが肥大するのを恐れたのである。感情を抑え、同時に孤独にどう打ち克つかの精神力の涵養《かんよう》には〝他人の飯〟が一番と考えたのだった。

後年、柴三郎はベルリンに留学したが、異郷の地に何ら抵抗感を覚えなかった。六年の長期にわたり滞在したものの、病気にも罹らず、郷愁にも駆られなかった。研究と実験に没頭できた下地は、肥後小国での母・貞の教育方針により培われたのである。

十四歳の冬、柴三郎は、三年ぶりに我が家に帰った。北里村には十二月の木枯らしが吹き抜けていた。

「ただいま帰りました」

柴三郎が玄関先から家の奥に向かって声を張り上げると、弟妹が飛び出してきた。柴三郎は弟妹たちの歓声に取り囲まれた。

「おお、柴三郎、よう、帰ってきた。大きゅうなりおって」

両親は成長した柴三郎を見上げながら涙を流した。

その夜、北里家では小さな宴がもたれた。膳に鯛がのぼり、貞の心ばかりの手作り料理がならんだ。柴三郎にとって久しぶりの団欒である。

宴も終わり、弟妹も部屋にひきとった頃、柴三郎は、

「お願いがあります」

と父親の眼を見つめながら口を開いた。久しぶりに向かい合った父は何か小さくなったような気がした。

「熊本に行かせてください」

「なんばすっとや」

「学びたかとです。熊本には、五十万石の武芸、それに学問があります」

「時習館か」

「そぎゃんです」

柴三郎は頷いた。母方の加藤宅に預けられているとき、儒学を講じる私塾には通えたが、

森の久留島藩の講習所では、学べなかった。規則で他藩の子弟を受け入れていなかったのである。

柴三郎は何度も勉学の機会を与えてくれるよう願い出たが、無駄だった。学芸も武芸も物足りなかった。

あるとき、業を煮やして、叔父に向かって、

「森藩などという一万二千石の小藩で学ばんでんよか。熊本に帰れば大きな藩校があるばい」

と鬱憤を晴らした。

その憎まれ口に叔父が腹をたて、また、ちょうど帰宅させようと考えていた矢先だったので、実家に帰す契機となったのである。

「時習館で学んでみたかと思います」

柴三郎は頭を下げた。

「おまえはこれまで学んできたばってんがまだ十分じゃなか。さらに上ば目指してほしかと思とったたい」

惟信は預けた先々の家から柴三郎の優秀さを聞いていた。

「そんなら、時習館に行ってよかとですか」

柴三郎は喜びの声をあげた。

「ああ、構わん。ばってんが、一言、おまえにゆうときたかこつがある」

惟信の神妙な様子に柴三郎は自然と背筋を伸ばした。声を荒らげたためしのない父親だった。

「世間に出て頼るとは、一人たい。ばってん、広か世間ば渡るとに一人の力には限りのある。運が大事か。何かばなしえた人物は運ば掌中におさめとる」

信長ば見ろ、秀吉ば見ろ。おのれの夢ば叶えるには他人の力が必要たい、と惟信は言った。

「その運ば引き寄すっとにゃ、どぎゃんこつばしたらよかですか」

柴三郎は素朴にたずねる。

「方法はなか。王道もなか。ただ一心におのれの大望に邁進するだけたい。そぎゃんしょっと、不思議な話ばってん、そん姿ば見て他人は自然と寄ってくる」

「不思議か話ね」

「まったくたい。助け人たい。助け人ん現る。成功者には必ず恩人がおるもんたい」

惟信はそう言って、いつか分かる日がくるだろうと言った。

柴三郎は父親から聞いた初めての話を胸におさめた。

それから数日間は熊本遊学のための準備に追われた。荷造りをするのを弟妹が柱の陰からもの珍しそうに眺めていた。

熊本行きを翌日に控えた夜、母の貞は荷づくりをしている柴三郎に語りかけた。板戸のすき間から冷たい風が忍び込んできた。

「柴三郎、ここに金比羅様のお守りがあるもんね」

貞は錦の袋に納められたお守りを示した。凜《りん》とした声音は威圧感があった。

「昨日まではこのお守りばおまえに渡そと思とったと。ばってん、やむることにした」

「やむる。なしてかね」

「神頼みはわたしがすっと。おまえは自分ば信じて進みなっせ」

「はあ……」

「よかか、柴三郎。世の中、生きとっとは一人。頼らるっとは自分だけだけん。どぎゃん辛かめにおうても、やるしかなか。わき目もふらず進むしかなか」

貞はお守りを簞笥《たんす》の抽き出しにしまった。

柴三郎はそれを黙って見ていた。

「そぎゃんいうたっちゃ挫《くじ》けそうになっときだってあるばい」

柴三郎は母親の実家で粗相を咎《とが》められて蔵に入れられ、泣いた日を思い出していた。

「何ばいうか、莫迦《ばか》たれ」

貞は掌《てのひら》で畳を叩いた。思いがけない大きな音がして、埃《ほこり》が舞い上がった。母が柴三郎に落とした雷《ドンネル》だった。母はこれまでも何度か雷を落として息子に気合いを入れている。

「男んくせにこらえんかい。分かったか」

「ああ、分かっとる」

「ばってん、本当に泣きたかときは、誰もおらんとこっで一人で心ゆくまで泣け。そして、忘れなっせ」

男は人前で涙を見せたらいかんと貞はきつい調子で言った。

翌日、柴三郎は熊本へ向けて旅立った。それから満二十一歳までの七年間、時習館と熊本医学校で学び、柴三郎は生家の敷居をまたがなかった。

柴三郎は熊本医学校でオランダ人医師、C・G・マンスフェルトから医学を学んだ。師、マンスフェルトからの影響は絶大で、初期の柴三郎の人生を決定づけたといっても過言ではない。

マンスフェルト（一八三二～一九一二年）はオランダ海軍の軍医で、慶応二年（一八六六年）七月に徳川幕府に招聘されて着任し、精得館（元の長崎養生所。後の長崎医学校）で明治四年（一八七一年）四月まで基礎と臨床の医学を教え、同時に患者の診療も行なった。次いで招聘されたのが、熊本医学所及び病院だった。この熊本医学所は、明治四年七月に熊本藩から白川県（後に熊本県）に廃藩置県されたのに際し、熊本医学校兼病院と改称された。柴三郎はすでに、この明治四年の二月に医学所に入学していて、学校構内に建てられた寄宿舎で生活していた。

マンスフェルトは厳格な性格で、教師に着任するにあたり、学生に学則と教育方針を文書にして示した。自分の授業時間は毎日、二時間とし、必ず出席を求めた。遅刻は他の学生の妨害となるので、厳に戒めた。新入生への講義はまず解剖学からはじめた。病気を知るには、第一に人体についての正確な知識が必要であるとして、解剖学、それも微細にわたる解剖学の習得を義務づけた。そして、組織学や生理学などに進み、一年半を基礎医学中心の講義に充てた。この土台を踏んでのちはじめて、内科や外科を学んだ。さらに、医学とは別に毎日二時間、蘭語の授業を受けさせた。

マンスフェルトは日本語を解せず、また話せなかったので、授業は通訳の西直方《にしなおかた》が口訳しながら進められた。この口訳を筆記してまとめ、教師の閲覧を経て「日講筆記録」を作成した。この筆記録を数部印刷して学生の復習用に使った。

教師としての役割を、「学生を医者に仕立てようとするものではなく、単に学生が将来の研究において、その行くべき道を示し、又、将来単独にて自ら研究すべき方法を教えるものである」と規定づけている。

学生の将来に必要以上に介入せず、だが、来る者は拒まないという教育態度だった。

厳格なマンスフェルトは自分の生活や契約内容にも厳しく、三年の契約在任中、一日も欠勤せず、夏休みもとらなかった。膝関節リウマチの持病があって、馬に乗って登校する際、痛む足を鐙《あぶみ》からはずして跨がるのが常で、一回も遅刻しなかった。発作が出たときは手桶に満たした水に足を漬けながら授業や診療を行なった。また、百床ある病院の回診は杖をつきながら移動して入院患者を診て廻った。

官舎の自室も開放し、夜間の学習にも便宜をはかった。この特別授業組の常連が柴三郎だった。藩校で習ったオランダ語も活きてきて、マンスフェルトとの会話にもそう不自由は感じなかった。地理学まで教えを受けたのは、柴三郎一人だけだった。やがて、マンスフェルトの信頼を得て柴三郎は寄宿舎の舎監に指名されたのである。

ある夜、特別授業が終わってマンスフェルトは柴三郎を呼び止めた。

「きみはずいぶん熱心に勉強している。だが、将来本当に医者になるつもりで勉学しているのか」

と問い質した。

柴三郎は答えに窮して黙っていた。医者になるのは本意ではなかった。

「医者になるつもりはないのではないかと見えるのだが、どうかね」

マンスフェルトは聞いた。

「正直にいいます。医者は両親に勧められました。本当は軍人か政治家になりたいのですが、反対されました」

柴三郎は恐縮しながら言った。子どもの頃から文武に励みたいと念じてきたから、医者風情の長袖者《ながそで》にはなりたくなかった。

「では、なぜそれほどオランダ語に熱心なのかね」

「日本の新しい文化はほとんどオランダからもたらされています」

「オランダ語を学んでおけば、いずれ役にたつと……」

「そうです」

自分の志望と両親の希望を折半したのが、今の境遇だった。語学を習得しておいて、他日を期すつもりだった。

「オランダ語の習得はもちろん大事だ。だが、今日一日を無駄に過ごしてはならない。人の命をあずかる医学は崇高で、奥も深く、そう簡単に究められない学問だ」

学んで無用の学問ではないとマンスフェルトは強調した。

「古来から偉人が頭脳の限りを尽くして病気の根絶に尽くしてきた。だが、それでも未だに征服できない病気がたくさんある。わたしが在任中はできるだけの便宜をはかるから、毎日を疎《おろそ》かにせず医学の勉学に励むといい」

「分かりました」

柴三郎の心は動かされたものの、まだ本気で医学に取り組む気にはなれなかった。

翌日からいつものように講義が始まった。

ひと月ほど経ったであろうか。柴三郎は組織学の実習で細胞を観察した。準備を整え、顕微鏡をのぞいた。

——これは何だろう？

一片の組織を拡大しているはずなのに、別の像が見えたような気がした。

柴三郎は顕微鏡に眼を凝らした。すると、拡大された細胞像が動き出し、刻々姿を変えて眼前に迫ってきた。

「先生、この像を見てください」

柴三郎の興奮気味の声に、マンスフェルトは顕微鏡に眼を当てた。

しばらく見ていたマンスフェルトは、

「この像がどうかしたかね」

と顕微鏡をのぞいたまま怪訝そうに聞いた。

「生きています」

柴三郎は言った。

「この細胞が生きている……」

マンスフェルトは改めて反射鏡を動かし、ネジで鏡筒を上下させて観察した。

「生きているかね」

マンスフェルトは首を傾げながらのぞいている。

「北里君、これは標本用の動物細胞だから生きているはずはないのだよ」

「しかし、先生、わたしには生きているように見えるのです」

柴三郎は訴えた。

「もう一度見せてください、先生」

柴三郎はマンスフェルトと場所を変わって接眼部からのぞいた。

——動いている……。

生命の小宇宙を見たような気がした。

「生きています」

柴三郎は再びマンスフェルトに言った。

マンスフェルトはしばらく黙っていたが、

「北里君、どうやらきみは医学の面白味を発見したようだね」

と柴三郎の肩を叩いた。

このときから、柴三郎にとって、医学は価値ある学問として生涯の志の対象となったのである。

オランダ語も自由に使いこなせるようになった。医学校に学んで二年を経た柴三郎は、マンスフェルトの講義を通訳して学生に教えるほどまでに成長した。

熊本医学校の在学の期間は三年だった。柴三郎の同輩に浜田玄達《はまだげんたつ》（後年、日本産科学のパイオニアとなる）、緒方正規（後年、東大医学部衛生学初代教授）がいて、優秀さを謳われていた。二人はいずれも熊本医学校を途中で辞めて上京し、大学本校に進学して、その後、東大医学部を卒業した。柴三郎はマンスフェルトの講義を手伝っていた関係で、マンスフェルトの任期が切れる、明治七年（一八七四年）七月まで熊本に留まっていた。

新しい赴任先が京都府療病院に決まったマンスフェルトは、柴三郎を部屋に呼んだ。

「わたしが今日まできみに教えたことは、医学の入り口でしかない。このまま熊本に残って診療にあたるのもひとつの道だが、残念ながら、未だ医学を究めたとはいいがたい」

上京し、東大医学部に進学して教養を満たし、卒業後はさらにヨーロッパに留学するよう勧めた。

「そのための便宜はできるだけはかるつもりだ」

それから、マンスフェルトはヨーロッパの医学界事情や一般の社会状況を語って聞かせた。

「先生、わたしは大丈夫でしょうか」

柴三郎には別れのさびしさと不安が交錯していた。

「きみはできる。自信を持って勉学に臨みたまえ」

マンスフェルトは、両手で柴三郎の手を包んだ。その握った手に大粒の涙が落ちるのを見て柴三郎は驚いた。

「先生、わたしはきっと志を果たしてみせます」

師が初めて見せた涙に感激していた。

マンスフェルトは京都府療病院に勤務の後、さらに大阪病院でも教え、都合、日本に十四年滞在して、明治十二年（一八七九年）、オランダに帰国した。


柴三郎は熊本医学校を離れ、ひとまず郷里の小国に帰った。七年ぶりの帰宅だった。十四歳から、私塾や藩校「時習館」、医学校などでの勉学を続けていたために郷里に帰る機会がなかった。故郷の実家の前には北里川の清流が音をたて、東の方角には雲のかかった、通称、小国富士の湧蓋山が望まれた。

柴三郎は帰郷の挨拶もそこそこに、両親に東京行きの許しを求めた。

「東京遊学はじつによか話たい」

父の惟信はふくよかな頬をゆるませて賛成した。総庄屋の家柄だったが、廃藩置県で庄屋役はなくなり、村の委員を務めていた。名誉な職ではあったが、山深い村の委員では収入は限られている。

「我が家はおまえも知っての通りの資産と収入たい。学費を援助する余力はなか」

「分かっとります、とうさん。学費は自分で働いて稼ぎます」

柴三郎はそれくらい覚悟していた。

「そうか、自活して学ぶか」

体ひとつを貰ったつもりで勉学に励めと惟信は言った。

母の貞は惟信と違って激しい気性の持ち主だった。豊後森の久留島藩士の娘である。水軍で知られた久留島藩は古来から瀬戸内海に勢力を張って恐れられていたが、徳川幕府の手で豊後に移封になった。いわば、海の強者《つわもの》を陸にあげて力を削いだのである。貞は江戸詰めをしていた父親の関係で十歳頃まで江戸で育っている。父親の加藤海助は「この子は男にうまれてくればよかったのに」を口癖にしていた。水軍の血をひいた男勝りの性格で、男と喧嘩しても負けたためしがなかった。北里家に嫁いで、豊かといえない家計を切り盛りして四男五女を育てた。

明治十年（一八七七年）、西南戦争の際の話である。中津奥平藩の不平分子が、小国を経て熊本城を包囲する西郷軍に合流しようと北里村に入ってきた。相手は血気にはやり何をしでかすか、知れたものではない。貞は夫と子どもたちを豊後の境まで避難させ、自分だけは家に残った。

やがて、壮士数十名が玄関に現れ、

「主人はどこだ」

と抜刀して叫んだ。目は血走っている。

「主人は自分たい。何の用かね」

貞は玄関先に仁王立ちになった。

「路銀が底をついた。金目のものを出せ」

壮士の一人が刀を振り上げた。

「郡役所に納めて金は一文もなかっ」

「嘘をつけ。何かあるだろう」

「なんばゆうね。嘘て思うなら、家中捜して持っていきなっせ」

貞は刀を構えた男の袖をひいて家にあがるよう促した。

貞のこの迫力に壮士たちも早々に引き下がった。貞の気丈な一面を伝える話である。

柴三郎は母・貞の前で手をついて、頭を下げ、

「迷っていましたが、医者になりたいと思います」

と上京の意志を伝えた。

「そうか、父様のいうことに決めたか」

政治家や軍人ではなく医者を勧めたのは父、惟信だった。

「熊本医学校でオランダの先生に出会いました」

柴三郎はマンスフェルトから受けた指導を語って聞かせた。貞は頷きながら聞いていた。

「分かった。東京に行きなっせ。一人前になるまでは、今日限りおまえ一人は我が家にはお

らんもんと思うことにする」

　貞は姿勢を正して言った。

「家んこつはなんも心配せんでよか」

「ありがとうございます」

　柴三郎は再び深く頭を下げた。

　それから数日後、柴三郎は熊本・小国を旅立ち、長崎に出て、海陸三百里の道のりを経て、明治七年九月、東京に着いた。そして、同郷の先輩、山田武甫《たけとし》の家で世話になるのである。山田は柴三郎より二十一歳年上だった。

「久しぶり。よう、来たね」

　山田は快く迎えてくれた。

　その日から進学の夢を叶える勉学が始まった。東大医学部入学をめざし、山田武甫が本郷竹町に借りた家で毎日、勉強とアルバイトに明け暮れた。しかし、思わぬ障害が生じたのである。

　ある日、柴三郎はその山田から部屋に来るように言われた。家族はすでに寝入った深夜だった。夕刻まで鈴虫が盛んに鳴いていたが、いまは静まり返っている。

　睡魔と闘いながら机に向かって勉強していた柴三郎は、そろそろ布団を伸べて寝ようと思っていた矢先だった。アルバイトの疲れもあり、できれば翌日にしてほしかったが、山田がじきじきに呼びにきたので断れなかった。欠伸《あくび》をこらえながら部屋に向かった。

山田はかなり深刻な顔で待っていた。

「どぎゃん用事でしょう」

柴三郎は山田の沈んだ表情に、つい低い声になった。

「柴三郎、困ったことになったばい」

山田は小冊子に眼を落としながら、蒼白い顔で眉根《まゆね》に皺を寄せている。

「どぎゃんしました。わたしの試験準備は万全ですけん、安心ばしちょってください」

柴三郎はつとめて明るく言った。勉強の進行具合をいつも気にしている山田を安心させるためである。

「そぎゃんこつぁ心配しとらん」

山田は拳《こぶし》にした右手の甲で、小刻みに額を叩いた。言い出せなくて逡巡《しゅんじゅん》しているようだった。

やがて山田は、弱い声音で、

「医学部に入れんかんしれん」

と言った。

「なっ、なしてです」

息が止まるかと思った。柴三郎は膝を進めた。

「何が起こったとですか」

柴三郎は苛立っていた。金銭にまつわる突発事件を連想した。

「わしも知らんかったこつん起きた。試験ば受けられんかもしれんとよ」

山田は悲しい目差しで柴三郎を見つめた。中央官庁に出仕している山田が初めて見せた気弱な態度だった。

「何があったっですか」

柴三郎は不安ばかりがこみあげてきた。

「試験ば受くるとには、受験資格というもんがあっとよ」

「資格？　学力ですか」

柴三郎は、能力的に水準に達していなければ、受験資格がないのは当然のような気がした。

「学力的なもんじゃなか」

「では、なんですか」

「年齢たい。年齢制限があるったい」

「………」

柴三郎は言葉が出なかった。

「大学の予科に入るとには二十歳以下でなかと試験が受けられんたい」

「ま、まさか」

眠気も吹き飛び、自分の語尾が震えているのが柴三郎自身、分かった。柴三郎はすでに数え、二十三歳になっていた。血の気がひいて、脱力感にとらわれた。

「文部省が定めた医制という法律のあって、医学部の進学もこれに決められとっと」

山田は小冊子を示した。

　明治新政府は封建制からの脱皮をはかり、また富国強兵を推し進めるため、有為な人材を先進国に派遣して各種の制度を学ばせた。そして、近代国家を形成するに相応《ふさわ》しい種々の法律――郵便規則制定、メートル法や太陽暦の採用、徴兵令や貨幣条例公布、学制などを制定していった。明治二十二年（一八八九年）、大日本帝国憲法を発布し、帝国議会の開催をもって、一応、近代国家としての形を整えた。

「医制」も日本の近代化を示すひとつの法律だった。国民の健康保護と近代医師の養成は時代の急務であった。

「医制」は医療と医学教育にまつわる規則を定めていて、全七十六条から成り、明治七年八月十八日に施行された。長与専斎・文部省医務局長の元で制定された。長与専斎は岩倉大使の欧米視察に同行し、医学教育の調査を行なっている。帰国後、文部省内に医務局を設けて局長となり衛生行政の指揮をとった。

　その「医制」第十三条は、「医学校ハ予科三年本科五年ヲ以テ学課ノ満期ト定ム　予科入学ハ十四歳以上十八歳以下ニシテ小学校卒業ノ証書ヲ所持スル者ヲ撰ヒ体質ヲ検シテ之ヲ許ス」と定めている。予科入学の資格は、十四歳以上十八歳以下だった。だがこれには例外規定が設けられていた。

「(当分) 二拾歳以下ノ生徒ヲ中小ノ数科中、読書算術外国語学及ヒ理化学ノ大意等　其学ヒタル所ニ就テ之ヲ試業シ、年齢体質ヲ較量《こうりょう》シオ力ノ当否ヲ察シテ予科入学ヲ許スヘシ」

当分のあいだは、数え年、二十歳以下なら医学校は予科に入学できたのである。だが、柴三郎は数え年ですでに二十三歳であり、この条件にも当てはまらなかった。熊本医学校で同輩だった、浜田玄達や緒方正規と違って、柴三郎はマンスフェルトに頼まれて講義を補佐し、三年遅れて上京している。この三年の補佐が入学に響くとは誰にも予測できなかった。

「わしはもうだめじゃ」

柴三郎は丸い体を折り曲げ、両手で顔を覆った。アルバイトで疲れた体に鞭打って勉学に勤《いそ》しんできた日々が虚しかった。

「柴三郎、諦むっには、まだ早か」

山田は柴三郎の背中に手を置いた。「医制」の資格条項に気づくのが、試験直前でなく、一年近く時間があって準備できるのは不幸中の幸いと考えていた。

柴三郎は同情心に感謝した。が、同時に、それが郷里の先輩の投げかけた気休めと知っていた。

「柴三郎は命がけで東京にきて、働きながら死ぬほど勉強しとっと。ここで諦めたら、それが無駄になる」

そう言ってから、山田は髪を掻きむしるような仕草をとった。

山田は藩校・時習館に学び、後、肥後実学党で知られた横井小楠《しょうなん》の門下生となった。幕末から明治維新にかけて肥後で活躍した。熊本県の参事を務め、洋学校と熊本医学校設立に深く係わった。校務を監督した関係で柴三郎を知る立場にあり、その才覚に当初から注目していたので種々指導していた。山田は多くの人材を育てたが、徳富猪一郎（蘇峰。『国民新聞』を発刊したジャーナリスト）もその一人である。内務卿、大久保利通の知遇を得て、明治五年、上京して内務省に出仕した。その後、熊本県師範学校長を経て、明治二十三年、衆議院議員に当選し、政治の道に入った。

柴三郎は医学校時代の縁で山田を頼って上京したのである。

「なんとかでけんものか」

と山田があたかも身内のように気を揉むのは、熊本医学校時代から柴三郎に眼をかけていたからである。

山田は腕組みして唸った。天井を睨んだかと思うと、壁に眼を移し、さらに小冊子を見つめたりと、落ち着かない。

柴三郎は両手で顔を覆ったまま身を縮めていた。胸はすでに張り裂け、頭は思考が停止していた。

どのくらい時間が経っただろうか、

「でくっかもしれんばい」

と山田が呟いた。

「時代は過渡期ばい。日本が変わろうとしている時代たい」

そうや、違うか、柴三郎、と山田は次第に声を上げ、柴三郎の両肩に手を置いて力をこめた。

柴三郎は上体を起こし、郷里の先輩の顔を見つめた。山田はさも愉快そうに、よし、よしと声をはずませている。彼が何を言おうとしているのか皆目見当がつかなかった。興奮している山田を見ていると狂ったのではないかと思えたほどだった。

「時代は変革期たい」

山田は力強く頷いた。

「あったばい。たったひとつ方法があっばい、柴三郎。ここば見ろ」

小冊子の字句に山田は人差し指を突き立てた。

柴三郎は山田の指の先に「醫制」という表題とそれに続く細かく並んだ法律の文章を見た。しかし、そこのどこに〝方法〟があるのか分からなかった。

「医制の前に『醫制施行太政官指令』の出されとる。こっが大事かたい」

「醫制」の施行に先立つ五カ月前、太政官指令が出されている。それには次のようにある。

「上中の趣先以三府に於て医俗の事情篤と斟酌の上実際障碍無之様徐々着手可致其他各地方の儀は当分可見合事」

廃藩置県の直後でもあり近代国家としての体制は整わず、まして中央集権体制の確立には、まだまだ時間が必要だった。逆にいえば、藩権が残る地方の自治権はまだ健在だった。

「この法律はまず三府が対象になっとる。地方については、当分のあいだ施行ば見合わせとる」

三府とは、東京、京都、大阪をさす。山田は中央に出仕しているから国の事情は把握できていた。また、熊本県で幕末から明治にかけて、その変革を官吏として支えた関係で、地方の事情にも通じていた。熊本医学校を作るにあたって、時代の変革に呼応して学校の形態が変わったのを身をもって体験していた。医育機関としての「熊本医学校」はその前は「古城医学校」だった。それ以前は、肥後藩の「再春館」だったのである。教育の現場では、さしてうるさい規則はなく、いつ学び始めても、途中で休学するのも、復学するのも本人まかせだった。「学制」もないから、何歳で入学しても自由だった。

「おまえの生まれた年ばずらすことにした」

山田は言った。

「生まれた年ばて……。ど、どぎゃんすっとですか」

柴三郎は山田の狙いが理解できなかった。

「これしかなか。おまえの生まれはいつね」

「嘉永五年十二月二十日ですたい」

これは太陽暦の一八五三年一月二十九日にあたった。

明治新政府は明治五年に太陽暦を採用し、十二月三日を明治六年元日とした。年月が移動し、生活の現場で少なからず混乱をきたした。またこの年、戸籍簿を作成している。

「柴三郎、おまえの生まれば四歳ずらして、安政三年十二月二十日に生まれたことにする」

「はあ……」

柴三郎は細い息を漏らした。

「学校への出願書類には、安政三年十二月二十日生まれと記す。こっでおまえは受験資格ば得らるったい」

柴三郎は黙って聞いていた。

「おまえはマンスフェルト先生から頼まれて三年遅れたけんこぎゃんこつんなった。被害者だ。仕方んなか」

山田は諭すように言った。

「おまえは今日から安政三年十二月生まればい。ばってんこれは誰にも内緒だけん。分かったや」

「分かったばい」

柴三郎は小さく首を動かし、それから何度も頷いた。これは入学時の秘密となった。以後、〝公的文書〟では、安政三年十二月生まれで通した。柴三郎は明治七年、無事東京医学校に入学し、下谷和泉橋で寄宿舎生活を始めた。

記録によれば、近代化の黎明《れいめい》期を迎えていた当時の日本には、柴三郎と同じような事情をかかえた人物は他にも何人かいたのである。

森林太郎（鷗外）も入学時の年齢を操作した口である。だが、柴三郎の事情とは様相を異にする。

後年、文学者として、また医者、官吏、軍人として活躍した森林太郎は、文久二年（一八六二年）一月、石見国《いわみのくに》（島根県）鹿足郡《かのあしぐん》津和野町《つわのちょう》に生まれた。明治五年、典医だった父親に従って上京、親戚の西周《にしあまね》宅に寄寓し、ドイツ語を学んだ。そして、明治六年（一八七三年）に第一大学区医学校（後の東大医学部）・予科に入学しようとした。が、予科への入学年齢は、十四歳以上十八歳以下が原則で、まだ入学の条件を満たしていなかった。そこで、願書に年齢を二歳増して、万延元年（一八六〇年）生まれと記載して受験した。首尾よく入学し、以後、〝公的〟には万延元年生まれを使っている。森林太郎は、藩校時代から秀才の誉れ高く、知力は抜きんでていた。津和野時代からの英才教育と上昇志向の家風は、〝二歳〟水増してすら、勉学の機会を森林太郎に与えたかったのである。

その森林太郎は明治十四年七月に東大医学部を卒業した。最年少の学士である。卒業成績の席次は二十八人中、八番だった。当時の習わしでは、成績の一番と二番が文部省から国費留学の対象になった。八番の森林太郎は熱望していた留学を諦めねばならない。そこで陸軍省に入り、軍医として他日を期す道を選んだ。

後年、さまざまな場面で柴三郎と交錯する。

柴三郎より三年早く上京した、同輩の浜田玄達と緒方正規は明治十三年に卒業して、それぞれの道を歩み始めていた。

一方、柴三郎は明治十六年（一八八三年）七月に卒業した。卒業成績の席次は二十六人中、八番だった。首席は河本重次郎《かわもとじゅうじろう》（後に東大初代眼科教授）である。また、同級生に隈川宗雄《くまがわむねお》

（後に日本医化学のパイオニアとなる）、さらに後年、柴三郎を側面から補佐した山口県出身の山根文策がいた。

明治十六年十月二十七日土曜日、午後一時五十分より、東京大学の講義室で学位授与式が行なわれた。校内に国旗が掲げられ、飾りつけられた電球を燈《とも》して式に華を添えた。奏楽隊が厳《おごそ》かに演奏するなか、東京大学総理、加藤弘之より、この年の卒業生、六十七名に学位記が渡された。文学士の卒業生のなかに、後年、雑誌「日本人」を発行し、思想家、評論家として名を馳せた三宅雄二郎（雪嶺）、小説家、劇作家として文学界で活躍する坪内雄蔵（逍遥）がいた。最後に、文部卿、福岡孝弟《ふくおかたかちか》の祝辞を九鬼隆一が代読して、式は終わった。

柴三郎は下宿に飛んで帰り、真っ先に山田に報告した。しばらく息切れは止まらなかった。

「山田さん、卒業できました」

「卒業できたとか」

山田は学位記を広げた。

学位記の文字を追いながら山田は目をうるませていた。

「やっとう、柴三郎」

「山田さんのおかげです」

柴三郎は胸がつまって、あとは言葉が続かなかった。

二人は時間を忘れて、たった一枚の証書の取得に費やした月日と労力を思い返し、喜びを分かち合った。

ここに、柴三郎は医者として念願の第一歩を踏み出したのである。満三十歳であった。世間の標準からすれば、遅い船出だった。

二

柴三郎は医学部長、三宅秀の紹介状を持って、駿河台の長与専斎邸を訪ねた。大きな柱時計がゆっくり時を刻んでいる。

「よくきてくれた」

すでに三宅から連絡が入っているらしく、長与専斎は気安く応接間に現れた。細い体つきで、額の広い、鼻筋の通った育ちの良さと気品の漂う顔貌である。

長与専斎は天保九年（一八三八年）九月、肥前大村藩・蘭方医の子として生まれ、安政元年、大阪に出て緒方洪庵の「適塾」で学んで後、長崎に赴き、医学伝習所に入った。その後、幕府設立の学校病院の「精得館」（後に長崎医学校）で学ぶが、ここに柴三郎も師事したマンスフェルトが教えていた。やがて、上京し岩倉大使の欧米視察に随行、中央で頭角を現して、明治六年三月、文部省の医務局長となった。

この医務局が明治八年六月、文部省から内務省に移管された際、長与専斎は「衛生局」と改称した。それから十九年間、衛生行政界の第一人者として衛生局長の椅子に座っていた。

「衛生」という言葉は長与専斎の命名である。〝健康局〟や〝保健局〟では、「露骨にして面白からず」として、妥当な表現はないものかと探していたところ、中国の古典『荘子』のなかの「庚桑《こうそう》楚《そ》篇《へん》」にある「衛生」という語句に着目し、字面も高雅で発音も好ましいとして採用した。以来、今日まで衛生はごく一般的に用いられている。

――閑話休題、長与専斎は日本の衛生行政の創始者である。

柴三郎が長与専斎を訪ねた頃は、内務省内で重鎮の一人に数えられていた。

「その後、マンスフェルト先生と連絡をとっているかね」

長与は聞いた。

「いえ、何も……」

日々の勉学とアルバイトで、柴三郎は恩師に手紙を書く暇もなかった。

「大阪病院をお辞めになって、帰国されたときいています」

「うむ。だいぶ苦労されたようだ。京都府療病院では府当局と衝突され、大阪病院に移られたが、ここでも学則をめぐって受け入れられず、一年ほどで諦めたようだ」

マンスフェルトは明治十二年（一八七九年）、祖国・オランダ、ハーグに帰国し、市の種痘局長を務めている。

「それにしても、先生は厳格な方だった。あの精勤振りには頭が下がる。わたしが身の回りの清潔に気を遣い、また時間に正確になったのも先生の影響だ」

長与は思い出にふけった。マンスフェルトに教えられなければ、長与の衛生への関心は芽生えなかったかもしれない。

「わたしも先生の指導で医学の道を開いていただきました。今日あるのは先生のおかげです」

柴三郎は長与より十四歳年下だった。だが、マンスフェルトという共通のオランダ人医師を師に持ったという、それだけで意気投合できたような気がした。

「きみは内務省で働きたいという話だね。何をやりたいのだ」

「それは……」

柴三郎は座り直して居住まいを正した。

「衛生局に入り、国民の衛生思想普及と健康増進に寄与したいと考えています」

「そうか、きみのような新進の医学士が我が局にきて腕をふるってくれるのは心強い。待っている。大いに働いてくれたまえ」

長与は医事衛生制度の徹底に熱心な山田顕義《あきよし》を内務卿に迎え、衛生局の拡充に腐心していた時期なので、柴三郎のような若い力を望んでいた。

「しかし、君、生活や給料を考えると、地方の病院長になったほうが楽だと思うがね」

医学士の大半は地方に散り、病院長や学校長となって土地の名士におさまっている。医学士はエリートだったので、標準の相場では、月俸にして二百円が支給され、豊かで、安定した生活が約束されていた。衛生局員の俸給は、月額、七十円の薄給でしかない。

「おっしゃる通りです。しかし、わたしは金銭のために上京して医学を学んだのではありません。マンスフェルト先生との約束を果たしたいと思います」

「ほう、先生と……。何かね」

「東京大学医学部で学べ、と。それと……」

柴三郎はそのまますぐに言葉にするのを躊躇《ためら》った。

「それと、何かね」

長与は促した。

「欧州に来たれ、と」

「欧州……。留学ではないか」

長与は眼をひろげた。言外に無理ではないかと言いたげだった。

「そうです。先生は欧州に来たれ、便宜ははかると約束して下さいました」

柴三郎は長与の受けた印象に気づいていた。留学は、もしかすると見果てぬ夢かもしれないが、最初から諦めたなら決して実現はしないと考えていた。卒業時の成績は八番だったから、文部省からの推薦留学はあり得ない。だが、可能性が無いわけではない。資金さえあれば、私費での留学の道もある。留学の夢を捨て去るのは惜しかった。

「後藤新平《ごとうしんぺい》くんの下についてもらう」

長与はいきなり言った。

「局に来たなら、後藤くんの下で働いてもらう」

長与は繰り返した。

「後藤新平のですか」

柴三郎は官費生として、すでに内務省に雇われて出入りしているので、省内の事情に少しは通じていた。なかでも、後藤新平の傍若無人の態度には辟易していた。その下で働くのは不満であり、苦痛でもあった。

「わたしはこのたび最高学府を終えた者です。失礼を顧みずにいわせていただきますが、後藤のような男とは教養を異にします。その下風に立ったりはできません」

これは柴三郎の本心ながら、一部でしかなかった。本当の狙いは長与への牽制のつもりだった。柴三郎は肥後もっこすで、大学出たての青二才と自認していた。老成せず、青い部分をぶつけておいて意地を張っておきたかった。寄宿舎で結成した「同盟社」の発想とそう違いはない。

「きみは後藤くんをかなり嫌っているようだね」

長与は苦笑した。青臭い意見を楽しんでいるようでもある。

「教養を異にするとは、彼が東大を出ていないことを指すのかね」

後藤は福島県の須賀川《すかがわ》医学校を出ている。東大に比べれば名もなく、学則も整備されていない小さな医学校だった。

「いえ、大学は問題ではありません。日頃の言動です」

「そうかね。後藤くんはああ見えてもなかなか働きのある男でね。誤解されやすいが」

後藤新平は献策好きとして知られている。それが、後年、〝大風呂敷〟の異名をとるもとになる。愛知医学校長兼愛知病院長をしていた後藤を長与が、明治十五年二月、衛生局に勧誘した経緯がある。結局、明治十六年一月に出仕した。

柴三郎はその半年後の、明治十六年七月、判任待遇で、内務省に入った。

後藤は献策好きのいわば、〝提案病患者〟であった。まだ愛知県病院二等診察医時代、二十二歳のときに、「健康警察医ヲ設ク可キノ建言」という衛生行政にまつわる建議書を、県経由で内務省に提出している。県令は下位の官吏の建白に難色を示したが、後藤は引き下がらず、中央に提出するよう強引に自分の方針を貫いた。

この献策が長与局長の眼にとまった。その年の暮れに、後藤が出張でたまたま上京した折、後藤は好機到来ととらえ、長与に面会を求めて先の建白書の説明を試みた。長与は後藤に好感を抱いたものの、まだ若輩の身で中央への出仕は無理だった。以来、文通が始まった。その後も後藤の献策は続き、なかでも、「連合公立医学校設立之儀ニ付建白」は長与をうならせた。当時、各県が藩校を基点とする医学校を競って開校したため、乱立模様をきたし、経費の欠乏と教育内容の低下を余儀なくされていた。

そこで後藤は、これらの公立医学校の何校かを一つにまとめて充実させる案を考えた。その具体策として、愛知、岐阜、三重の三県の医学校を連合させてはどうかと提案した。

この提案は、国家で良質の西洋医を養成しよう、と考えていた長与の計画に一致していた。

「なかなかの卓見である」

長与の後藤に対する評価はますます上がり、時期をみて衛生局に呼び寄せたのである。後藤の給料は柴三郎より十円高く、月、八十円だった。

「愛知病院長をしていると、手当てや往診料で月、三百円の収入があった。だが、それをなげうってここに来た。長与局長がぜひというものだから」

聞こえよがしにそんな自慢話を吹聴している後藤を柴三郎は横目で見ていた。

後藤は小太りで、いかにも鼻っ柱が強そうな鼻を上向きにして話すのが癖だった。面長な顔にキザな鼻眼鏡をかけ、ぺらぺらとよく動く唇を見ていると、柴三郎は嫌悪感ばかりが増幅した。

――いけすかん男たい。

柴三郎は不満この上なかった。だが、下についたといっても、柴三郎が任された仕事は、欧州各国に於ける医事衛生制度と種々の統計の取り調べだった。語学を活かしての仕事である。地方衛生の視察という後藤の任務とは趣を異にする。

柴三郎は、先輩風を吹かせ、天狗になっている後藤をいつか凹ませてやれという気になっていた。生来の負けず嫌いである。

一方、後藤は後藤で、柴三郎が後藤風情の男の下風に立ちたくないと公言しているのを腹立たしく思っていた。

ある日、仕事が終わった夕刻、帰り支度をはじめた柴三郎は、突然の雷雨に足止めされた。激しく雨の流れ落ちている窓硝子に、時折青い閃光が走った。

「きみは仕事が終わったのかね」

背後からの声に柴三郎が振り向くと、後藤が例の鼻を上向かせた皮肉な顔で見つめていた。

「貴君も雨宿りか」

柴三郎はたずねる。後藤の「きみ」呼ばわりは腹立たしかった。柴三郎には、自分のほうが年上だという考えがあった。それに後藤が裏で、黄口の一学士と柴三郎を評しているのも耳に入っている。

「まあね」

後藤は唇の端を皮肉に歪めながら、責任を持たされているから仕事に終わりはないと言った。

一言一言が柴三郎の気に障った。

局内には、柴三郎と後藤の二人が残っているだけだった。

「貴君は板垣退助を治療したというね」

柴三郎は後藤に問いかけた。いつか聞いてみたいと思っていた話である。

前年——、明治十五年四月六日、自由党総理、板垣退助が岐阜県岐阜市で演説会のあと暴漢に襲われ刺された。このとき治療にあたったのが愛知病院長をしていた後藤だった。

明治十四年十月、国会開設の詔《みことのり》が出され、参議の大隈重信が免官される「明治十四年の政変」以来、不平不満が充満していた国民のあいだに、自由民権運動と政党の動きが活発となった。板垣退助率いる自由党と大隈重信の立憲改進党が結成された。

そうした政党のうねりのなかで発生したのが板垣退助の遭難、凶漢に刺されたいわゆる

「自由党異変」である。

「ああ、そうだ。わたしの手当てが板垣退助の命を救った。取り巻いていた壮士どもは恐れをなしてただ見ているだけだった」

板垣退助への治療は後藤の名前を一躍有名にし、後藤にとっても自慢の種だった。

愛知県の病院長を務める後藤が板垣を治療するに際しては、管外往診にあたるので、県庁の許可が必要だった。だが、後難を恐れて県当局は許可しなかった。官憲は反自由党で動いている時代である。

自由党には後藤の知人の内藤魯一《ろいち》がいた。その内藤から、往診の催促電報が何通も入った。後藤は板垣退助を名古屋に連れてくる案も呈示したが、刺創《しそう》で板垣は呻《うめ》いているから移動は無理である。後藤は再度、県当局に打診した。自分は自由党員でも何でもない。往診は自由党を診察するわけではない、と訴えた。だが、許可は降りなかった。

ついに業を煮やした後藤は、人の命に自由党も何もないと、二人曳きの人力車を雇い職を賭して岐阜に向かった。

岐阜市内は他の刺客が攻めてくるという噂がたち、自由党の壮士たちは剣を握った鉢巻き姿で警護していた。そうした不穏な空気のなかを後藤は、板垣が臥せっている宿屋に人力車を乗りつけたのである。壮士たちは現れた若い、無謀な男の登場にただ呆気にとられた。

後藤は往診鞄を手にして、颯爽《さっそう》と人力車から舞い降りて宿のなかに入ったのである。

「巷間、伝わるところによると、貴君は板垣の脈をとりながら、御負傷で、御本望でござんしょう、といったとか」

「板垣はさすが自由党の首領だけあって、脈に少しの乱れもなかった。あの落ち着きぶりには感心した」

「しかしそれはじつにおかしな話です」

「何っ、どういう意味だ」

後藤は太い眉を吊り上げた。鋭い目つきがさらに光を増した。

「御本望でござんしょうなどときくはずはないでしょう。新聞屋《ブンヤ》の作り話のはずです」

「作り話？　なぜ、そう思うのか」

「血だらけの怪我人相手に、御本望はないからです。不謹慎、この上ない言動といわねばなりません」

この事件の時に板垣の吐いた、「板垣死すとも自由は死せず」の言葉はあまりにも有名である。この発言同様、御本望も芝居じみていて柴三郎は抵抗感をおぼえていた。新聞記者が面白おかしくペンを走らせたのだと解釈していた。

「不謹慎か」

後藤は眉根を寄せて不快な顔を作った。

「ええ、不謹慎の極みです。私なら、無駄口ばたたかず、すぐに治療にとっかかるばい」

急に肥後弁が出たのは同じ医者として、自分ならこうするという意見があったからである。刺されて呻いている相手をただちに手当てするのが本筋だろうと思った。

「確かにわたしは、脈をとりながら、御負傷で、御本望でござんしょう、といったよ。それは板垣という人間に感心したからで、無駄口にはあたらない」

一見無駄口をきいているようだが、話しながら患者の反応を見ているのだと後藤は言った。

「脈に乱れがなかったとか、脈拍数は？」

柴三郎はたずねる。

「八十だ」

「熱は」

「三十七度五分だった」

「確かに凶徒に襲われたあとにしては落ち着いている」

「当然だ。わたしの診立てに間違いはない。きみはどうもわたしの治療に不満のようだが、あの板垣は今、ぴんぴんして連日演説会で飛び回っている。それが正しい治療をした何よりの証拠だ」

「たまたま治った可能性もある」

「何っ」

後藤は目を剝いて身構えた。

そのときドアが開いて長与専斎が入ってきた。

「まだいたのか」

長与は驚いたように二人を交互に見た。

いつの間にか雷雨は上がっていた。柴三郎はまだ言いたいことは山ほどあったが、それを機に部屋を出た。出口で後藤と視線が合い火花が散った。

それから数日後、柴三郎は手持ち無沙汰にしている後藤に語りかけた。鞘《さや》当ての余韻がまだ残っていた。

「この前の自由党異変の話だが、きみは板垣を治療したあと、食事を許したというではないか」

「ああ、そうだ。具合はいいし、当人が空腹を訴えていた」

後藤はしごく当然というように冷ややかに応対した。

「それは問題がある」

「何が……、問題にするほうがおかしい」

「刺創出血のあとだ。食事は避けたほうがよい。あと一日待つべきだった」

柴三郎は後藤の医者としての資質を疑問視した。

「莫迦な。板垣は元気だった。食事でさらに体力をつける必要がある」

「たまたま良かったからで、負傷のあとの食事は危険と隣り合わせだった」

「いや、あの食欲は傷をはね返す力を持っていた」

後藤は一歩も引かなかった。

「貴君は板垣の右手を真っ先に治療したというね」

「そうだ、右手の親指がぶらつくほど深く、大きな傷を負っていた。そこで、リステル氏消毒療法をほどこした」

リステル氏消毒療法は石炭酸を応用した、当時最新の消毒法だった。石炭酸は石炭のタール中に含まれる成分で消毒剤として使われた。一八六七年（慶応三年）、イギリス人外科医、ジョセフ・リスターによって石炭酸による無菌的手術が世界で初めて行なわれ、石炭酸は消毒剤として広がった。それまでは傷口から侵入した細菌で命を落とす例があとを絶たなかった。

後藤がそのリステル氏消毒療法の材料を持って、現場に駆けつけていたのには柴三郎も内心感心した。が、それには触れず、「胸はどんな具合だったかな」と問いかけた。

「胸は左と右側にそれぞれ傷があった。だが、刺客に武芸の心得がなかったとみえ、傷は急所を離れていた」

後藤はフロックコートとチョッキを着た板垣をそのままに、手術用のハサミでワイシャツの襟から袖口にかけて一気に切断して、負傷箇所を観察した。

「聴診器は？」

「もちろん聴いた。水泡音《ラッセル》が認められたが、これは板垣の持病の気管支炎だった」

「傷の大きさは？」

柴三郎が初めこのニュースを伝え聞いたとき、板垣は胸を負傷して生命の危機に瀕しているという内容だった。

「左胸は一・三センチ、右胸は一・六センチ」

「一・六センチ……。深さは」

「幸い、いずれも深くなかった」

柴三郎は傷の長さを人差し指と親指でつくってみた。今にも死ぬような負傷には程遠い。

「騒がれたわりには、たいした怪我ではなかったようだな。これなら、治療も簡単だっただろう」

「現場にいない者はどうにでもいえる。きみなどはさしずめ血をみただけでおじけづいて逃げ出す口ではないかな」

「血ばみて逃げとったら医者にはなれんばい」

柴三郎は相手の挑発を無視する意味もあって、故意に鼻先で笑ってみせた。

二人のあいだに険悪な空気が流れた。

不意に壁にかかった時計が十時を打った。定例会議の時間だった。二人は顔を背けあい、別々に会議室に向かった。

その後も二人はことごとく反目し合った。

後藤は柴三郎を、

「横文字好きの青二才」

と軽蔑した。

一方、柴三郎のほうは後藤を、

「浅学の田舎医者」

と呼んで揶揄した。

非難の応酬を柴三郎は若気の至りと分かっていたが、やめる気は起きなかった。むしろ闘争心がかきたてられた。

この年――明治十六年九月、後藤新平は安場安和《やすばやすはる》の二女、和子と結婚した。

「安場安和か……」

柴三郎はどこかで聞いた名前だと思ったが、思い出せなかった。

「横井小楠《よこいしょうなん》の高弟だ」

同僚が教えてくれた。

横井小楠（一八〇九～一八六九年）は熊本藩士で、国際的視野を持った幕末の進歩的思想家である。

幕末期、熊本藩の学党は、藩校・時習館主流で守旧派の「学校党」に対し、富民を目標に時代に即した藩政改革を追究する横井小楠が「実学党」を結成し、両派は互いに鎬《しのぎ》を削っていた。

安政五年（一八五八年）、横井小楠は越前藩主、松平春嶽《しゅんがく》の招聘で顧問となり、公武合体、殖産興業、開国通商などを建言した。その後、熊本に戻り、横井小楠の開いた私塾には吉田松陰や坂本龍馬も訪れている。明治維新後、徴士・参与に抜擢され太政官に出仕したが、保守攘夷派刺客により、明治二年正月五日、京都で暗殺された。享年、六十一だった。

安場安和は数ある横井小楠の高弟の一人だった。熊本藩士で、明治維新後、各県の大参事を歴任して、明治五年、岩倉具視に従い海外に赴いた。帰国後、愛知、福岡の県令となり、貴族院議員を経て、男爵となった。明治三十二年没。享年、六十五だった。

「そうか、横井小楠先生の弟子だったか」

柴三郎は頷いた。

じつは柴三郎自身、横井小楠と縁がある。柴三郎が藩校「時習館」に入ったのは明治二年（一八六九年）十二月だが、この年の一月に横井小楠は京都で暗殺されている。柴三郎は「時習館」でも、熊本医学校でも横井小楠の門下生から指導を受けている。また、上京後、身を寄せて世話になった同郷の先輩、山田武甫も横井小楠の直弟子だった。

柴三郎は横井小楠の弟子たちに囲まれて育っている。いわば横井小楠の孫弟子にあたっていて、その国際性と現実直視の姿勢は有形無形に肌に染みついていた。

後藤新平は一時期、横井小楠の直弟子だった安場安和のもとで書生として寝起きしていた。後藤も横井小楠の孫弟子にあたるのである。

後藤は十五歳で上京し、書生となった。その書生先の相手がふたたび肥後出身者だった。が、この人物は安場安和とは違い、かなり人使いが荒く、後藤は肥後人に良い印象を持てなくなった。最後は喧嘩して飛び出している。その体験が尾を引いていたので、柴三郎が肥後出身と聞いて、苦い思い出が甦り感情的になる一因となった。

後藤と柴三郎は横井小楠の孫弟子同士にあたったのであるが、内務省に出仕当初はそうした経緯に二人はまだ気づいていなかった。

また、後藤と高野長英との関係を柴三郎が知ったのはかなり後になってからだった。長崎でシーボルトに学んだ蘭学者の高野長英は幕末に開国論を唱え、終身刑となるも、獄舎から逃亡し、最後に自殺している。時代の先が見え過ぎたために、幕府から狙われたのだった。その高野長英を親戚筋に持つ後藤は、子どもの頃、「謀叛人の子」と罵《ののし》られ、肩身の狭い思いをさせられたのである。

――内務省衛生局内で、柴三郎と後藤の暗闘は続いた。

「いけすかん男たい」

柴三郎は後藤を目にするたび胸のなかで吐き捨てた。

このいわば、犬猿の仲の両人が後年、お互いを恩人と呼び合う無二の親友になるとは、このとき当の二人も、周囲もまったく予想していなかった。

三

柴三郎が夕食を終えて一息ついていると、妻の乕が盆をかかげて部屋に入ってきた。

「お茶はいかがですか」

乕は柴三郎より十四歳年下で、このとき十六歳だった。紺地に白の矢絣《やがすり》の単衣《ひとえ》に赤い無地の細帯を結んでいた。若く、華やいで似合っている。髪は丸髷に結っていた。幼さの残る帍は年齢や顔だちのわりには落ちついている。万事、控え目ながら芯が通っていた。

「ああ、ありがとう」

萩焼きの湯呑みだった。勤めから帰って、夕食後、和服姿で一服するときが、柴三郎にとって最も寛げる時間だった。日本茶と茶器にはこだわっていた。

この年――明治十六年四月、柴三郎は松尾帍と結婚している。麹町区飯田町に借家住いだった。

父親の松尾臣善《しげよし》は大蔵省に出仕していた。臣善は姫路に郷士の子として、幕末の天保十四年（一八四三年）に生まれた。子どもの頃から算数の才に秀で、この才能を買われて四国の宇和島藩に仕えて士籍に列せられ、藩の直営事業の管理も任された。明治二年、藩の推挙により、大阪府外国局会計課長を務め、経理の腕を振るった。その後、大蔵省に入って中枢を歩み、明治三十六年十月、第六代の日本銀行総裁に就任した。総裁在任期間は七年八カ月と長期だった。明治四十年九月、男爵にも叙せられている。

松尾臣善の仕事上の座右銘は、

「白湯《さゆ》を飲むが如くでなければならない」

だった。

仕事の進展は波瀾を起こさず、痕跡を留めず、当たり前に成るようにして成ったという具合に仕上げなければならないという意味である。細心の注意と多大の努力を払う必要があった。職場では無用の混乱を避け、目立った行動は厳に慎まねばならなかった。人を押し退けて猪突猛進するのは、松尾臣善の最も忌み嫌う生き方だった。

白湯は水ではない。湯でもない。味はないが胃の腑に優しく流れ込む飲み物である。薬の服用には恰好だった。飲み物として、主張しないが、存在感はある。松尾臣善は家庭内も白湯の流儀を貫き、四男五女をしつけた。

爲にはこの臣善流の〝白湯の味〟がしみ込んでいた。家庭内では内助に徹した。小柄な体形で、臣善に似て面長で額が広かった。ともすれば癇癪《かんしゃく》持ちの柴三郎を白湯の技でかわし、四男三女を育てた。

「今日、長与局長からいわれて、来週から、東のほうに出張することになった」

柴三郎は茶を一口啜《すす》って言った。柴三郎にとって初めての長期地方出張だった。

「ちょっと長くなると思う」

「そうですの。いつ頃までになりますか」

「三カ月くらいになるようだ」

入省したての出張にしては長期だった。

「東のほうといいますと、どちらですの」

「まだ予定が正確に決まっていないが、栃木、山形、北海道になるだろう」

結局、栃木から、山形、秋田、青森、北海道を巡って視察した。

「北海道……。ずいぶん遠い出張ですのね」

「うむ、遠いな……」

九州の山奥育ちの柴三郎には北国の北海道は想像できなかった。青森から函館まで船に乗らねばならない。

同じ時期、ライバルの後藤新平は北陸のほうを巡視する予定が入っていた。

「きみは北海道に出かけるのか。熊に気をつけるんだね」

後藤が意味ありげに笑うのが腹立たしかった。

どうであれ、仕事を的確にこなして後れをとってはならない。

「一人で行かれるのですか」

「いや、局の職員と、総勢四人だ」

永井《ながい》久一郎《きゅういちろう》・権少書記官と太田実・奏任御用掛、それに同僚一人と随行する予定になっていた。この名前を聞いて、柴三郎は首をひねった。同行する、同僚と太田実は知っていたが、永井久一郎の名は初耳だった。しかも権少書記官（現在の部長クラス）と地位は高い。もっとも、入省したての柴三郎が省内の人物を知らなくて不思議はない。雲の上の存在ならなおさらである。

「アメリカ留学帰りの優秀者だ。桁外れの秀才らしい」

同僚は永井の評判を伝えた。

「アメリカか……」

政府から選ばれた官費留学生に違いなかった。臆する気持ちと反発心が同時にわき起こった。

「いくつくらいだろう」

かなりの歳を予想した。

「三十を少し超えたばかりときいている。嘉永五年生まれだ」

「なんだ」

おれと同じだと柴三郎は思った。柴三郎の〝正規の生まれ年〟に生まれていた。どんな相手か楽しみでもある。

「その永井という男は医者か」

「いや、違う。医者は北里、おまえ一人だ」

「そうか……」

仕事の腕が振るえそうな気がした。

視察の目的は、地方で整備されつつある衛生行政機構の点検と指導だった。内務省は町村衛生事務条項を定め、衛生行政上の町村自治の育成を図っていた。井戸、水道の衛生確保、伝染病の対応手順、消毒法、地方病の把握、病院、学校、旅館などの衛生上の注意——、このような事務を町村で取り扱えるようになっていた。視察の際には、こうした医事衛生にまつわる実地検分のほかに、巡視地の地理、民度、風俗、習慣、物資の現況なども視なければならなかった。

「四人で行かれるなら安心ですわ」

虎は妻、というより新婦らしい感想を洩らした。

「そぎゃん、出張ごときで心配ばすんな」

柴三郎は笑いながら、鼻の下に蓄えた髭に手をやった。大学卒業後、伸ばした髭が形良く生えてきていた。

「これからは出張のお仕事が増えるのですか」

「いや、そぎゃんこつは分からん」

どんな仕事が上から与えられるか予想はつかなかった。大学卒業後、海外の医療制度を翻訳しながら調べていたところ、急に今度の地方巡視を命じられた。

「一人で留守はさみしかか」

柴三郎は新婦に配慮した。

「いえ、わたしのことはどうぞ何もご心配なく」

爯は留守番を意に介していなかった。

柴三郎は爯を親譲りの芯の通った、堅実な妻という感想を抱いていた。その妻に良い機会と思い将来のことを話す気になった。

「わしは論文ば書いて、いずれドイツに留学ばしたかとたい」

「論文？」

「ああ、衛生学、それに細菌学の論文たい。時代の先端ば行く学問たい」

「わたしには分からない話ですわ」

「いや、誰にも分からん話たい」

「どういうことですの」

　爯は首を少し傾け問いかけた。金融畑専門の役人を父に持つ妻としては、医学の話に不案内だった。

「時代の最先端ば行く学問だけん、これからどぎゃんなって、何が発見されるっか誰にも分からん。だけん、やってみる価値があっと思うとたい」

　ドイツのローベルト・コッホによる炭疽菌や結核菌の発見以来、世界の医学は〝細菌の狩人〟の時代に入っていた。

「ドイツに留学ばしたかと思う。これはわしの夢たい」

　本当はコッホの元で研究したいと言いたいところだったが、畏れ多く、また気恥ずかしくもあった。相手は世界最高峰の細菌学者である。誰が考えても、夢のまた夢でしかなかった。

「ぜひ、叶えてください」

　爯は夫の成功に期待していた。そして、お茶を淹れかえましょうと立ち上がった。


　柴三郎ほか三名の衛生局吏員は予定通り、地方巡視の旅に出た。東京を出発し、栃木、山形と移り、秋田に入った。

　視察事務は医学的な事項が中心だったので、仕事の大半は柴三郎がこなした。また、馬車や旅館の手配まで柴三郎がしなければならず、休む暇もなかった。だが、永井と太田は平然とエリート風を吹かせ、現場では柴三郎ら二人を指示するだけで何もしなかった。早々に現場を離れ、控え室で県の担当者と煙草をふかしながら茶飲み話に興じていた。地方巡視とは名ばかりで、エリートにとっては大名旅行だった。

――二人はなんばしよっとか。

何が視察かと柴三郎は怒りをおぼえた。

権少書記官を務めていた永井はエリート中のエリートである。柴三郎はこのエリート高官に初対面のときから嫌悪感を抱いていた。地位の差をかさにきて、見下した態度はあまりにもあからさまだった。何かと外国話を聞かせて洋行帰りをひけらかした。また、万事が貴族趣味のところも気にくわなかった。ステッキを持ち、襟《えり》の高いワイシャツに灰色縞模様の高価な背広を着こなしている。馬のように長い顔の中央に蓄えているちょび髭を見るたび引き抜きたい衝動に駆られた。

事件が起きたのは視察事務を終えて柴三郎が宿で寛いでいるときだった。仲居から風呂を勧められたが、疲労が蓄積し、しばらくは部屋で横になっていたかった。

そのとき、隣の部屋から、

「これは大変です。どうしましょう」

と取り乱した太田の声が聞こえた。

「何をあわてている」

永井が甲高い声で叱責した。

「相手は誰なんだ」

永井は不機嫌に聞いた。

「秋田日報の記者です」

「記者か。新聞記者《ブンヤ》を恐れていてどうする」

「しかし、主筆で、用件が用件です」

「何を求めてきているのだ」

「講演の依頼です」

「何だ。何かと思えばそんな用件か」

永井は鼻先で嗤《わら》った。

「演題が問題です」

「どんな演題だ」

永井は面倒くさそうに聞いた。

「衛生講話を求めています」

「何っ」

永井の声はうわずっていた。

「記者は内務省衛生局の高官がじきじきに当地にお見えになったのであるから、ぜひ市民相手に有意義な衛生講話をしてほしいといっています」

柴三郎ならまだしも、医学や衛生を何も知らない永井と太田に講話は不可能だった。

「そんなもの、断ればいい」

「それが、もう有志や市民に話して場所も決まっているというのです」

永井は言葉をなくしていた。

「犬養という記者ですがね、この男は改進党です」

と太田は声を落として言った。この時代、自由民権運動にからんだ政党間の争いが熾烈だった。太田自身は政府側の帝政党員として活動していた。

「われわれが衛生講話をできないのを見越して無理をいってきたのです」

そうして、衛生局の高官が衛生講話もできなかった、と書き立てるつもりだと太田は言った。

柴三郎は宿の玄関でその若い主筆を見ている。この秋田日報（現在の秋田魁新報社）の記者こそ、後年、総理大臣にも就く犬養毅だった。

犬養毅は安政二年（一八五五年）四月に備中国《びっちゅうのくに》庭瀬村（現在の岡山市川入）に生まれた。十四歳で父と死別し、二十一歳のとき上京した。慶應義塾に在学中に「郵便報知新聞」から特派され、西南戦争の従軍記者として優れたルポルタージュをのこしている。明治十五年、立憲改進党結成に参画し、同時に郵便報知新聞の有力記者となった。帝国議会開設後は岡山県三区から連続十九回当選。一貫して政党政治の確立に貢献し「憲政の神様」といわれた。軍国主義の高まりをみせる昭和六年十二月、犬養内閣を組織したが、翌七年五月十五日、首相官邸で海軍青年将校により暗殺された。このいわゆる「五・一五事件」により政党政治は終結を余儀なくされた。「木堂」と号し、書をよくした。

記録によれば、犬養毅は明治十六年四月二十九日から十一月十八日まで、秋田日報の主筆として迎えられている。

ちょうどこの頃、柴三郎ほか三名の衛生局吏員が秋田県に来ていたのである。

犬養は背広を上手に着こなし、頭髪を櫛の目も鮮やかに四分六分にきちんと分けていた。引き締まった口元、澄んだ眼は、いかにも気鋭の新聞記者を思わせた。犬養は内務省高官の永井久一郎と太田実に衛生講話を依頼しにきた。が、衛生の業務や医学知識に疎い二人は市民相手に講話などできるはずはない。それを見越しての犬養の依頼である。ジャーナリスティックな勘を働かせた、皮肉の極みだった。

「何とか追い返せないか」

永井久一郎は不機嫌に太田実に命じた。

「無理です。高官にご講演をぜひと動きません」

太田実はすでに諦めていた。

「少し時間をかせげないか」

「どういう意味です？」

「本省から早急に資料を取り寄せ読み上げればいい」

「それは不可能です。講演会は明日、役所の集会所で、時間も決まっています」

「莫迦げている。何で記者風情のいうことをきかねばならんのだ」

永井は拳で卓を叩いた。

太田は黙って耐えている。

それからしばらく永井は考えていたが、

「どうする」

と聞いた。策がなく気弱に太田に救いを求めている。

「ここはもう、頼むしかありません」

「頼む？　どうするのだ」

「北里くんに頼むのです」

太田は声を落として言った。

「あの男に……」

永井は不快感をあらわにした。柴三郎が永井を毛嫌いしている様子は、永井も当然気づいている。そんな男に頭は下げられない。

「ここは折れて、彼に頼むしかありません」

「そうか、それしかないか……」

永井は呟いた。

それから二人はさらに声を落とし、囁くように話を続けて、打ち合わせに入った。

やがて永井と太田が連れ立って柴三郎の部屋を訪れた。

柴三郎はゆっくりと起き上がった。

「何かご用ですか」

とぼけて柴三郎はたずねる。それまでの二人の話し声は柴三郎にもかすかに聞こえてきていた。

「ちょっと頼まれごとをしてもらいたい」

太田は新聞社から依頼された衛生講話の一件をかいつまんで話し、柴三郎に講演を頼んだ。太田の説明が終わると、永井が一歩前に出て、

「きみが代演するのだ」

と言った。上役としての体面を保ちながら半ば命令口調だった。

「それはまずいでしょう」

柴三郎は胸の中で用意していた言葉を吐き出した。

「まずい？　どういう意味かね」

永井は問い返した。平静を装ったようだったが動揺は明らかだった。

「わたしは今回の巡視業務に関しては単なる随行員でありまして、内務省の本官ではありません。あなたがたの指揮命令で、調査や視察の雑務を行なうよう命じられて来ています」

下級のわたしがあなたがたをさしおいて公の席で演説するなどとてもできませんと言った。

柴三郎は内務省に雇われて勤務していたが、身分的には、まだ本雇いではなかった。明治時代、官史の身分上の等級は、呼称や内容が種々変遷している。明治四年八月、官等は一等から十五等と定められ、以後これが基準となった。三等以上を「勅任官」、七等以上を「奏任官」、八等以下を「判任官」とした。

柴三郎がいわば〝正式〟に内務省に任用されたのは、翌年、明治十七年九月だった。

その辞令書には次のように記述されている。

「北里柴三郎

内務省御用掛申付候事

但　取扱准判任月俸七拾圓給與候

明治十七年九月八日

内務省」

秋田に出張したこの時期、柴三郎はまだ准判任官の位ももらっていなかったのである。

永井を前にして、内務省の本官ではありませんという、柴三郎の言い分は筋が通っていた。

だが、詭弁に違いはなかった。地方巡視とは名ばかりの大名旅行に浸るエリートに、一矢報いる気持ちが支配していた。

「講演はできないというのか」

永井は不機嫌に聞きかえした。

「できません。本官がいるのに講演などしましたらあなたがたに恥をかかせてしまいます」

畏れ多いという態度を示した。

「いや、それは考えなくていい」

永井は威厳をたたえて言った。

それでも柴三郎は黙っていた。

「永井さんの申し出がきけないのか」

横から太田が強い口調で言った。だが、太田も気がひけたのか、永井の命令と言わずに、申し出と表現していた。

「わたしの仕事は、調査や視察の雑務です。それに専念したいと思います」

柴三郎は正論を通した。

「だから、いまは緊急事態だ」

太田は苛立たしげに言った。

「しかし、随行員としての仕事以外に手を出すのも、命令されるのも越権行為だと思います」

「融通のきかない、分からん男だ。講話の代演を許すといっているのだ」

「許す？　なんばいいよっと」

柴三郎は堪忍袋の緒が切れ、雷《ドンネル》を落とした。身分差など関係なかった。

そのとき、宿の女将が現れて、

「お客さまが、いつまで待たせるのかとたいへんな剣幕です」

と迷惑そうに言った。先程来、玄関のほうから、何をしていると叫ぶ犬養の声が聞こえてきていた。

太田は女将をとりなして、犬養にすぐに終わると伝えるように言った。

永井は改めて柴三郎に向かい合った。

「どうだろう、北里くん、講話の代演に、許すも許さないもない。わたしの恥なども問題にしなくていい」

静かな物言いだった。

「どぎゃんこっですか」

肥後弁で応じた。

「住民が待っている。とにかく明日の衛生講演会を無事終えねばならない。代演してもらいたい」

永井は諦めたように口にした。

「ぜひと懇願されるのですか」

「そうだ」

永井は頷いた。

そして、畳に正座し、

「この通りだ」

と頭を下げた。

「分かりました」

やりましょうと柴三郎は言った。相手がそれほどまでに折れてくるなら、医者としての役目を果たさなければならない。

翌日の衛生講演会で、柴三郎は住民相手に、衛生的な生活上の心得や食中毒の原因と予防、消毒法などについて話した。ちょうど翻訳したてだった外国の医療事情も易しく噛み砕いてつけ加えた。人前で話すのは、学生時代、「同盟社」をひきいて演説し慣れていたので何ら抵抗感はなかった。ヤジがないだけやりやすく、声もよく通った。

「いや、立派な講話でした。感服しました」

演壇を降りた柴三郎に犬養は駆け寄って握手を求めた。

永井と太田は柴三郎に意外な才能を見出し声もなかった。

その夜、講師を慰労する小宴では柴三郎が中央に座り、永井と太田は末席に並んだ。これは犬養の配慮であり、同時に永井と太田に対するあてつけだった。

衛生巡視の旅はこのあと、岩手、青森、それに北海道の函館、札幌と続いた。

講話の代演が効いたのか、永井と太田のエリート風はおさまり、二人も協力の姿勢をみせた。柴三郎一人が忙しかったそれまでと違い、ゆとりの時間も持てるようになった。

しかし、永井久一郎がエリート中のエリートであることに違いはなかった。先々の地方職員はその接待に神経を使っていた。

永井久一郎は嘉永五年（一八五二年）八月、尾張国愛知郡鳩尾村に生まれた。上京して箕作麟祥の塾で洋学を修め、明治三年、貢進生として大学南校（後の東京大学）に入学。やがてアメリカ留学を命じられ、プリンストン大学、ボストン大学で学んで帰国した。将来を嘱望されたエリートとして、明治七年、工部省を振り出しに、文部省、東京女子師範学校教諭を経て、明治十三年、内務省衛生局に出仕、翌十四年より権少書記官の地位に就いていた。

明治十六年二月に大日本私立衛生会が結成された。その発足式に会頭の佐野常民が欠席し、永井が仮に会頭役を務めると報じられた。実際は、長与専斎が代理を果たした。これは新聞の誤報だったが、それほど永井に力があった表れである。

明治十七年にロンドン万国衛生博覧会、翌十八年、ローマの国際衛生会議に政府を代表して出席し、同時に欧州の上下水道を視察して帰国した。日本の上下水道の建設と指導に貢献したイギリス人の衛生工学技師、バルトンを説得して招聘したのは永井である。

「いけすかん男たい」

と柴三郎が思った永井は舶来趣味とエリート臭が染みついている。山国育ちの柴三郎と肌が合わなかったのも無理はない。

その永井久一郎は、妻恆《つね》との間に三男一女をもうけている。長男の壮吉は後年、文筆の道に入り名をなした。江戸風情の高踏趣味は孤高を貫き、文学上の妥協を嫌った。水や川にまつわる作品が多いのは、衛生官僚を父親に持った影響かもしれない。この文学者が永井荷風である。

柴三郎と永井久一郎はその後も衛生業務関連で接触があった。が、久一郎が明治三十年三月、官吏の世界を離れ、日本郵船会社に入社してからは交流が途絶えた。

後年、柴三郎は自らの提案で、大正六年四月に慶應義塾大学医学部を創設した。これより前、明治四十三年に荷風は同じ慶應義塾大学で、文学科の教授に就任している。「三田文学」を創刊し、主宰した。この教授で文学者の荷風のことを、柴三郎が永井久一郎の子息と知っていたか否かは分からない。

四

明治十七年（一八八四年）一月、柴三郎は医事課に異動した。そして、三月に再び地方出張を命じられた。任務は前年の衛生巡視とは違い、試験主事として上役の係員に随行するという内容だった。

「試験主事とは何をなさるのですか」

鬲が日本茶を差しだしながらたずねた。さして広くはない庭に咲いた白梅が微かに匂っている。

「医者として開業を志望する者に試験を行ない、その合否を決める」

医術開業試験と呼ばれる試験制度である。東京ばかりでなく、地方の主要都市でも行なわれ、内務省の試験委員が会場に出向いた。受験生は前期と後期の二回の試験を受けねばならなかった。どんな試験問題を出すのかを決めるのも、試験主事の仕事だった。

「大事なお仕事を仰せつかったのですね」

「そうだ」

柴三郎は重要な仕事だと考えていた。

明治二年、医学教育のためにドイツ医学の導入を決めて以来、日本は西洋医学を学んだ者を医者とした。国家による西洋医の育成であるが、これを明治七年八月に発布した七十六カ条からなる「醫制」のなかで定めた。明治維新以来、政府は数々の法整備を進めるなかで、医業は医師の資格を持った者だけが従事できる仕事と定めたのである。逆にいえば、医師開業免状を所持しない者の医業を法律で禁じたのである。

これは一方で、漢方医の締め出しを狙った制度だった。漢方医は代々医家を引き継いだり、弟子を育てたりしながら、流派を形成してきたが、資格はなかった。当時、全国に二万余の漢方医が開業していた。そして、「醫制」下ながら、経過措置として、従来開業していた漢方医はそのまま試験なしで開業が許された。しかし、漢方医の危機意識は強く、西洋医との軋轢《あつれき》は以後も永年にわたって続いた。

明治時代、医者として開業資格を得るには、いくつかの方法があった。一定の条件を満たした大学の医学部を卒業すれば文句なく開業の資格が得られた。しかしこれは、人数も限られ学資も必要で、資産家かよほどの秀才でもなければ入学できなかった。その医学部でも、東大には「本科」と「別課」があり、「別課」は、寄宿舎に入らずに通うので医学通学生とも呼ばれ、本科が五年のところを三年で卒業できる速成コースだった。この「別課医学」は明治二十一年六月、自然消滅している。

医者を養成する予備校的な学校に通い、医術開業試験を受けるのも医者の資格を得る有力な手段だった。大学とは別の場所で医学の知識と臨床の技を身につけた後に試験を受けるのである。野口英世はこのルートで医者になった一人である。

「開業というと、お医者が看板を出しているあのことですね」

　爲がたずねた。

「そぎゃん、資格のあってから初めちあの看板の出すっと」

「あなたも出せるのですか」

「もちろん、出さるっ」

　柴三郎は微笑《わら》いながら答えた。世故に疎い新妻が愛おしく感じられた。

「出しますか、将来？」

「さぁ、それは分からんばい」

　柴三郎は内務省に勤務して以来、開業などまだ一度も念頭に置いたためしはない。世間的にはかなりの高給取りだった。だが、考えてみれば、看板を掲げても悪くはなかった。この時代、大学教授や官吏でも医者の兼業は許されていた。

「わしはいま留学ば最優先させとっと。開業は考えとらんたい」

　柴三郎は言った。

「ばってん……」

「なんですの？」

　爲はその仕草が癖の、わずかに首をかしげて柴三郎の言葉を待っていた。丸髷に結った髪に赤い玉簪と朱色の飾り櫛が若々しい。

「いずれ看板ば掲ぐっかんしれん」

当てはないが柴三郎は言ってみたかった。

「そうですか。楽しみですわ」

「楽しみ？　なしてや」

「道往く人が、看板を見てここが北里かと分かるのは楽しいことです。人の出入りの量で評価も分かります」

「そうね……」

所は家庭だけを守って小さく安住する女ではないと柴三郎はこのとき思った。夫の社会的活躍と成功のために援助を惜しまない姿勢がうかがえた。

柴三郎が試験主事として出張を命じられたこの年──、明治十七年の一月に「医術開業試験規則」が施行された。法的に整備された体制下で、初めて開業試験が実施されようとしていた。医師の開業資格を考えるとき、節目の時期にあたっていた。

「いつも出張ばっかですまんね」

柴三郎は申し訳なかった。結婚して一年と経過していないのに家をよくあけている。

「いいえ、お仕事ですから」

所は微笑みかえした。いつのまにか針仕事を始めていた。所は裁縫を得意としていた。

「夏過ぎにも出張の予定されとる」

「開業試験でですか」

「そぎゃんだろう」

　じつは試験主事としての出張は柴三郎の本意ではなかった。

　柴三郎には試験官など以上に関心を抱いている問題があった。ここ数年、日本では、春先から夏にかけて毎年コレラが発生し、流行地の住民を脅かしていた。コレラの流行は新聞紙上を賑わわせ国家的な命題となっている。

　柴三郎は衛生局の一員として、その原因をつかみ、対応策を示したいと考えていた。調査官として流行地に赴いて、研究に携わりたいとも思っていた。それにはいま以上に海外の文献を繙《ひもと》いて、最新の知識と技術を学んでおかねばならない。またそれを翻訳して発表し、自分の存在感を明らかにしておく必要があった。

　その第一の論文が前年の「大日本私立衛生会雑誌・第七号」に発表した「蒼蠅《あおばえ》ハ病毒伝染ノ一媒介者」である。これには三宅秀や長与専斎が感想を寄せてきた。

　さらに、今年に入って三月発行の「中外医事新報・第九六号」に「妊娠ヲ鑒識《かんしき》する新法」を発表した。妊娠初期の鑑別は従来産婆の勘や経験に頼っていた。それを医学的に解明しようとする方法を外国の文献に見いだしたので発表した。

「鑒識新法」は衛生局内でも話題になった。

「三様（起、居、臥）ノ身体位置ニ於テ脈搏ノ変化セサルヲ以テ従来不明ナル妊娠ノ證ヲ確実ニ鑒識スル事ヲ得ルト云リ」

　普通の健康体なら体の位置を起、居、臥と変えると脈拍は変化するのに、妊娠した場合は、

スセンネ博士は、妊娠第一月より脈拍の変化はない、とした。その変化のない理由として新法を発表したヨリ
「妊娠スルトキハ必ス生理的ノ心臓肥大ヲ来タスカ為ニ由モノナラン或ハ妊婦ノ血液ハ定性定量両ツナカラ変スルモノナルカ」
と説いた。妊娠すると生理的に心臓が大きくなるので脈拍に変化はないとしている。

柴三郎はこの翻訳論文の末尾で自らの感想をつけ加えている。
「大凡妊娠ノ鑒識ハ第三月ノ末ヨリ四月ニ至ラサレハ確定シ難キモノナルニ今此新説アリ此説ヲシテ果シテ真ナラシメハ妊娠鑒識上一大進歩ヲ来タセシモノト云ヘシ」

妊娠の有無はこれまで三、四カ月を経過しなければ判別できなかったのが、ヨリスセンネ博士の新説により、妊娠鑑別は一大進歩を遂げるだろうと考えた。新説は柴三郎にとって常に魅力的だった。また、妊娠の識別は新婚時代を送る柴三郎にとっても身近な関心事であった。

さらに、柴三郎は同じ「中外医事新報」の第九九号で「肝蛭《かんてつ》（肝臓ヂストーマ）ノ発生スル理由」を発表した。

肝臓ジストマ症は、長さ一～二センチメートルの肝吸虫とよばれる寄生虫によって引き起こされる病気である。当時は死亡率も高かった。しかも伝染経路が定かでなかったので、多発する地方では恐れられていた病気のひとつだった。

内務省衛生局としても無視できない病気だった。もちろん、柴三郎の関心は高い。

「本邦ニ肺臓ヂストーマ病ノアルコトハドクトル、ヘルツ氏之ヲ発見シテ以来各地方ニ於テ其病尠ナカラサルハ皆ナ人ノ知ル所ナリ然レドモ其人身体ニ侵入スルハ如何ナル因ニアルカハ未タ之ヲ説明スルニ由ナシ（中略）肺臓「ヂストーマ」病ニ類スルモノハ肝臓「ヂストーマ」病ニシテ該病モ亦タ本邦ニ希レニ見ル所ノモノタリ今其発育ノ理由ヲ記載スル」（日本に肺臓ジストマが存在することはベルツ博士が発見し地方によく見うけられている。だが、原因不明である。肺臓ジストマも肝臓ジストマも同類の病気である）

以下、肝蛭の肝臓への伝染経路を紹介している。肝蛭を有する蝸牛《かたつむり》を食する羊に注意を促している。

柴三郎は最後に「附言」している。

「故ニ農夫牧畜者ノ如キ雑草ニ直接スル人身体中ニ肝蛭侵入シテ寄生スルニ由ルモノナラン」（農夫や牧畜者のように雑草に直接触れる作業に従事する人たちに肝臓ジストマを侵入させる機会があり、発病の原因はここにある）

原因不明の病気だっただけに、発生理由を明らかにした論文を紹介したのは画期的だった。

明治十七年三月、柴三郎は島田泰夫書記官に随行し、名古屋、大阪、金沢に出張した。医学についてほとんど知識のない島田書記官なので、試験問題の取捨選択や試験の監督一切は柴三郎に一任された。

「まかせてください」

気の乗らない仕事ながら、柴三郎は的確にこなした。

この年――、明治十七年九月八日、柴三郎に辞令がおりた。内務省の「准判任官」となり、月俸七十円の支給が決まった。

「喜べ、乕、わしも正式の職員になったばい」

柴三郎は辞令書を示した。

「神棚にお飾りしましょう」

乕はいつまでも飾った辞令書を見上げていた。

同時に発令された辞令もあり、次のように記されていた。

「第二回医術開業試験主事トシテ大阪府並岡山長崎ノ二県へ出張申付候事」

柴三郎は責任ある地位についていた。今度は上役に随行するのではなく、一人で出かけて試験の監督にあたった。だが、やはり試験主事の仕事はあまり熱が入らなかった。むしろ住民の生活環境や衛生事情のほうが気になった。仕事のあいまに町に出て、道路や井戸、排水の具合などを見てまわった。長崎県では時間的な余裕もあり路地裏の環境も観察した。

「この町は難しいところだ」

郷里の熊本から上京する時はこの港から出港していた。長崎の町をいざ衛生面から観察すると、これまで見逃していた部分が気になってきた。平坦な熊本市と違って、長崎市は前面は海、後ろは山で、坂道の多い町だった。地形上、上水をどう配給して、汚物をどう処理するかが困難に思われた。種々の問題が横たわっていた。

「難しい町だ……」

柴三郎は歩きながら再び呟いた。

やがてこの町に自分が試験監督以外の任務を背負って訪れるようになるとは、予想もしていなかった。

明治十七年の暮れ、柴三郎と熊本の医学校時代に同輩だった緒方正規《おがたまさのり》がドイツ留学を果たして帰国した。

緒方は柴三郎より三年早く上京して医学の道を歩いていた。

「うらやましか」

緒方正規がドイツに旅立つ話を学生の身で聞いた柴三郎は正直そう思った。その緒方が柴三郎にとって憧れのドイツ留学を終えて、華々しく帰って来たのである。

緒方正規は嘉永六年（一八五四年）、白川県（現在の熊本県）河俣村に生まれた。家業は代々、医家だった。熊本医学校を途中でやめて、明治四年に上京。初め南校に入り、後に東校に転学し、東京大学医学部を明治十三年に卒業した。卒業生は十七名だった。

同級生に、同郷の浜田玄達《げんたつ》（後に東大医学部産婦人科教授）はじめ、小金井良精《よしきよ》（後に解剖学教授）、榊俶《さかきはじめ》（後に精神医学教授）、弘田長《つかさ》（後に小児科教授）と後年、いずれも東大医学部の教授になった人物が集まっていて、精鋭揃いだった。

緒方正規は優秀な成績を評価され、卒業した年に生理学、衛生学研究のためドイツ留学を命じられた。小金井良精も同時に留学を果たしている。

ある日、柴三郎が一日の仕事を終えて帰り支度をしていると、長与専斎から局長室に呼ばれた。師走もおしせまっていて局内も何かと慌ただしかった。

——また出張だろうか。

年末年始にかけて地方行きは願い下げだった。しかし、この時期、医術開業試験の日程は入っていない。すると、また衛生巡視の仕事かもしれなかった。

「ちょっときみに相談したいことがあってね」

長与専斎は顎の下に伸ばした長い鬚《ひげ》を右手でもてあそびながらソファに腰をおろした。もみあげから頬を伝った鬚は、鼻の下から顎にかけて密生し、あたかも野生の熊を思わせた。

「コレラをどう思うね」

「コレラ……。どうといわれましても……」

柴三郎は答えに窮した。

「これは、唐突ですまなかった」

長与は思い直して、自ら抱いているコレラについての認識を示した。

記録によると、日本に初めてコレラが入ったのは、江戸時代・文政五年（一八二二年）で全国的に蔓延した。二回目の流行は、安政五年（一八五八年）で、三年にわたって猛威をふるい、江戸だけで約二十万人が死亡したといわれている。

明治維新後、中国からたびたびコレラが侵入した。特に、明治九年から十二年にかけて大流行し、十六万人余の患者が出て、死者は十万人を超えた。当時の総人口、約三千六百万人を考えると、千人に三人の割でコレラで死亡した計算になる。

こうしたコレラの猛威に対応するため、国は「虎列刺《コレラ》病予防規則」を制定し、届出義務や病院収容、消毒などについて細かく規則を定めた。

さらに長与は、部下に命じて明治十年以降のコレラの発生状況を調査させた。その報告によれば、明治十年以降の六年間に二十四万人近くのコレラ患者が発生し、約十六万人弱が死亡していた。

江戸時代に、「コレラ、ころり」と恐れられた病気は明治に入り、これまで以上に市民生活を脅かしていた。鎖国時代とちがって、海外との交流が盛んになった分、感染症の侵入の機会が増えていた。

「これは由々しき事態だ」

長与は言った。

「わたしもそう思います。昨年、医術開業試験の出張で長崎に出かけた折、町の衛生状況を見てきました」

「ほう、どうだったね」

長与は柴三郎の熱心な態度に少し驚いた様子だった。

「衛生環境を守るにはたいへん難しい町だと思いました」

「長崎はわたしの故郷でもあるから分かるが、たしかに難しい町だ」

「わたしは長崎ばかりでなく、日本中が衛生上難しい状況にあると思っています。わが国がこれから世界で伍《ご》して行くには、衛生環境の整備こそが将来を決定すると思います」

「同感だよ。北里くん」

「衛生立国こそ、国の方針であるべきと考えます」

国民が健康でいてこその国富だと思った。柴三郎はその現場に身を置きたいと熱望した。

「きみは海外の文献を読み込んでいるから、コレラの原因はどこにあるかおおよそ見当がついているだろう」

「非衛生的な環境の下でコレラが発生しやすいことは分かっていますが、真の原因はまだ判明していません」

世界中が知りたがっていたが、誰も分からなかった。細菌学者が原因の究明に鎬を削っているのが現状だった。

「コレラばかりではない。急性伝染病への対応はきみの指摘するようにわが国にとって、焦眉の急だ」

急性伝染病の跋扈は国家の健康と治安に支障をきたし、国力を削ぐと長与は考えた。

このため、長与が中心となって、明治十三年七月に「伝染病予防規則」を新たに制定させた。

その第一条で最も注意しなければならない伝染病を定めた。

「第一條　此規則ニ稱スル傳染病トハ虎列剌、腸窒扶私、赤痢、實布垤利亞、發疹窒扶私及ヒ痘瘡ノ六病ヲ云フ」

　コレラ、腸チフス、赤痢、ジフテリア、発疹チフス、痘瘡（天然痘）を急性伝染病の代表と定めたのである。この病気を発見した医者は二十四時間以内に衛生委員会に通知しなければならない。また、その対応法も合わせて布告された。

「この国を伝染病から護るために何とかしなければならない」

　長与は文部省医務局を内務省に移管するにあたり、『衛生局』と命名しただけに、国民衛生にかける意気込みは人一倍強かった。

「緒方正規くんがドイツから帰って来たのは知っているね」

「もちろんです。故郷《くに》も同じですから」

「そうか、きみたちは同郷だったか。もう、会ったのかな」

「いえ、まだです」

　会って細菌学について聞いてみたい気持ちは強かった。

「今度、緒方くんが衛生局東京試験所で細菌学の研究を始める予定だ」

　長与の指示だった。

　内務省衛生局東京試験所は下谷和泉橋にあった。初めは薬品試験機関、東京司薬場として誕生している。明治維新以来、海外から商品が輸入されるようになった。医薬品も例外ではなく、不正不良品も少なくなかった。そこで、国民の健康と衛生を護るための官営の検査機関として明治七年に発足したのが文部省東京司薬場だった。その後、内務省に移管され、業務も拡大した。

「東大で教鞭をとるとはきいていました」

柴三郎にはその情報しか入っていなかった。

緒方は明治十八年一月、東大医学部内に衛生学の実験場が作られるに及び、二月より医学部講師として衛生学と細菌学の教育と指導にあたる手筈になっていた。

「そうなんだが、内務省でも働いてもらうことになっている」

緒方正規は内務省御用掛も命じられ、衛生局東京試験所員を兼務していた。

「緒方くんにはドイツで習得した知識や技術を教え広めてもらわねばならない」

長与はそう言ってから、

「どうかね、きみやってみる気はあるかね」

と続けた。

「えっ、わたしが」

いきなりの朗報で柴三郎はどんな顔をすればいいか分からなかった。

「いやかね。東京試験所で実験するのは」

「いえ、光栄です」

柴三郎は居住まいを正した。

「ぜひやらせてください」

最新の医学の現場に踏み込めるのである。これ以上の話はなかった。

「きみはずいぶん海外の文献を読み込んでいるばかりか、みずから論文も発表している。なかなか内容のある論文だ」

長与はこれまで柴三郎が論文を発表するたびに感想を寄せていた。

「きみなら、実験に向いていると思ったのだ」

「ありがとうございます。ご期待にそえるよう全力を尽くします」

柴三郎は起立して頭を下げた。


——明治十八年（一八八五年）二月の初め、柴三郎は下谷和泉橋の東京試験所に出かけた。部屋で緒方正規が待っていた。

「どぎゃんしとったや」

柴三郎は緒方の手を取った。

留学を実現して帰国した緒方が遠い存在に思えた。臆して何も言えないのではないかと案じていたが、杞憂だった。顔を合わせた瞬間、熊本医学校時代の頃の二人に戻っていた。

「久しぶり」

緒方は細い眼をさらに細めて微笑っている。細身のところは変わっていなかったが、自信に満ちあふれているように見えた。

「元気そうでなによったい」

柴三郎は親近感を抱いて言った。九州人の同郷意識は強いが、とりわけ、肥後人の同郷意識は強かった。

「異郷で淋しくなかったや」

柴三郎はたずねる。

「いや、もっといたかったくらいだ」

緒方は残念そうだった。

緒方の留学はライプチヒ大学で生理学と衛生学を学び、それからミュンヘン大学に移って衛生学の泰斗、ペッテンコーフェルについて衛生学を研究した。さらに、ベルリンに至り、コッホの高弟、レフレルから細菌学を学び、都合、三年間の研究生活を経て、日本に帰国した。

「本当はコッホに指導してもらいたかったのだが、じかに教えてもらえなかった」

「なしてや」

柴三郎は初耳だった。

「ちょうどエジプトとインドにコレラ調査に出かけた時期に重なってしまった」

緒方は未練を残していた。

コッホが世界に先駆けてコレラ菌を発見したのは、この九カ月にわたる海外調査の途中だった。

緒方と柴三郎はしばらく語り合って音信不通の空隙を埋めた。それから、緒方が実験室に案内した。

「ここで細菌学の実験をする」

緒方は実験室の内部を見回した。十坪程度の部屋、二室が実験室に充てられていた。

柴三郎が初めて眼にする器材が並んでいた。広い実験台にドイツのツァイス顕微鏡が三台備えられている。油浸装置付きの最新式だった。さらに、コッホ考案の消毒釜、孵卵器、培養器、反応薬剤などが揃っていた。

この最新式の器材は緒方の指示に基づいて、ちょうど内務省よりドイツに派遣されていた柴田承桂が購入したものである。柴田は長与の内命を帯びて、西欧の衛生行政と製薬事業調査のために渡欧していた。緒方より先に帰国した柴田は持ち帰った器材をあらかじめ東京試験所内に設置していたのだった。

――ここがわしの新しい職場ばい。

柴三郎は自らの幸運に感謝し、胸が震えて仕方なかった。

五

柴三郎に新しい生活が始まった。衛生局東京試験所で実験医学の研究にいそしむ毎日となった。

「行ってくっばい」

朝、出掛けに玄関先で柴三郎が言うと、

「行ってらっしゃいませ」

と𠮷がお辞儀をして見送った。これまでと変わらない朝の光景だったが、行き先が違った。大手町ではなく、神田区和泉町だった。柴三郎の足取りは軽かった。

実験医学の生活は充実して張りがあった。

柴三郎と同時に選ばれた研究員には、陸軍から賀古鶴所《かこつるど》、海軍から桑原壯介《くわばらそうすけ》がいて、後に、農科大学の津野慶太郎、岡山医学校の菅之芳なども助手として参加した。

この時期、内務省衛生局は活気にあふれ、人員をかかえて賑わっていた。

これは資金的に潤っていたからである。資金の出所は薬だった。当時、売薬は病気の治療や健康維持のために、一般社会に広く普及していた。この売薬は江戸時代から伝統を引き継ぐ品も多く、有効無害な薬に混じって、有害薬や無効無害のいわゆる〝万能薬〟も目立っていた。そこで明治新政府は誇大表示や暴利、乱用による被害を抑える施策を種々実行してきたが、明治十年一月、『賣藥規則』を制定して医薬品の取り締まりに一定の基準を定めた。売薬関係者に免許を与え鑑札制とし、免許期間は五年、毒劇薬の販売禁止などを規定した。その後、明治十五年十月、『賣藥印紙税規則』を定めて、酒、煙草同様、薬も課税対象とした。長与専斎の発案である。売薬印紙税で年収八十万円余に達し、うち、約三十万円が衛生局の経費に振り向けられた。従来より数倍の局費を得るに至った。

いわば、長与専斎が作った財源である。内務省・衛生局東京試験所を充実させ、細菌学研究の場を提供できるようにしたのも長与の力だった。〝衛生の祖〟としての面目躍如としたものがある。

柴三郎は他の助手とともに、東京試験所で緒方正規から連日、ドイツ仕込みの手ほどきを受けた。日本にもたらされた初めての本格的な細菌学研究の場だった。

柴三郎は毎朝、実験室専用の作業衣に着替えるのが楽しみだった。培養器や色素類、消毒釜、孵卵器などに囲まれているだけで充実した気分に浸れた。

シャーレの寒天培地に火炎滅菌した白金耳《はっきんじ》を用いて種々の細菌を塗って培養した。シャーレの平板培地に菌を植える作業は細菌実験の基本である。柴三郎には、その操作が日を追って上達するのが自覚できた。

柴三郎がとりわけ夢中になったのが顕微鏡である。時間が許せば、ドイツのツァイス顕微鏡を覗いていた。最新式の油浸式顕微鏡で、対物レンズを油に浸して標本をみる形式である。乱反射や歪みもなく鮮明な画像を得られた。熊本医学校時代に、マンスフェルトから勧められて見た顕微鏡の像とは雲泥の差があった。

「相変わらず熱心だね」

陸軍から派遣された研究生の賀古鶴所だった。

「肉眼で見えない細菌が二百倍、三百倍に拡大されて見える。こんなに楽しい体験はほかではできない」

接眼部から眼をはずして、柴三郎は正直な感想を洩らした。

「そうかね」

賀古は立ったまま柴三郎を見下ろして、無愛想に応じた。筋骨たくましく、体も大柄だった。東大の寄宿舎時代は硬骨漢でならした。柴三郎より二年早く明治十四年に東大医学部を卒業している。遠江国（静岡県）浜松出身で、卒業後は軍医を務めていた。

「きみは楽しくないのか」

柴三郎はたずねる。

「楽しいも何も、細かすぎて手先が追いつかない」

賀古は両手を広げて見せた。無骨で大きな手は緻密な作業には不向きのようだった。柴三郎のように顕微鏡に夢中になれないはずである。

「きみは誰の推薦だ」

賀古が聞いた。

「推薦？　何の話だ」

「この東京試験所が新しく改組されるのを知っていたか」

「いや」

柴三郎は知るはずもない。

「知っていれば、自己推薦も応募もできるだろうが、誰も知らなかった。誰かに推薦を受けなければここに来られないはずだ」

賀古は陸軍軍医監で後に衛生局次長も兼務する石黒忠悳《ただのり》の推薦で東京試験所に呼ばれたのだった。

「長与局長からじきじきにいわれたが、緒方の推薦かもしれない」

同郷だからと柴三郎は言った。

「同郷か……。きっとそうだろう。わたしの場合、森がいれば彼が選ばれたはずだ」

「誰のことです」

「同期生に森林太郎という男がいたが、いまドイツに留学中だ」

彼も石黒さんの推薦でドイツに向かったと言った。石黒は陸軍を背景にした医療体制の充実を展望していた人物である。

森林太郎（鷗外）は前年の六月に陸軍からドイツに留学していた。派遣目的は陸軍衛生制度調査及び軍陣医学研究だった。

「もしこの東京試験所が去年に開設されていたら、森がここの研究員に選ばれていただろう。その後、ドイツ留学だ」

「その後に……」

「ああ、ここで基礎を習得し、しかるのちに留学という道筋だ」

賀古は自論を披瀝《ひれき》した。

——そういう方法もあるのか。

柴三郎は胸の中におさめた。ひとつの発見だった。

「わたしも不思議な巡り合わせに巻き込まれたものだ」

賀古は呟くように言った。彼は東京試験所で一通りの細菌学を修めて後、軍医学校で初めて軍医相手に細菌学を講じた。

また後年、通訳として山県有朋に随行し欧州に渡った。その折、耳鼻咽喉科学を修め、日本の耳鼻咽喉科のパイオニアとなった。森林太郎が、「少年ノ時ヨリ老死ニ至ルマデ一切秘密無ク交際シタル友」として終生信頼した人物で、森の遺言を枕元で筆受している。

賀古の後ろ姿を見送ってから、柴三郎は再び顕微鏡を覗いた。

「しかるのちに留学という道筋だ」

賀古ののこした言葉が頭のなかでリフレインされていた。将来に光が射したように思われた。

内務省衛生局東京試験所で緒方正規は、脚気の原因究明や結核牛の解剖、狂犬病の家兎接種などの実験を進めた。これに柴三郎も助手として協力し実験の手技を磨いた。手先が器用で、忍耐強い柴三郎に細菌の実験は向いていた。

この年――明治十八年四月、麹町区飯田町に構えた華族の邸宅で飼われていた鶏と家鴨《あひる》が原因不明で大量死した。緒方は補佐役に柴三郎を選び、この事件の解明に乗りだした。

家禽が二十三日間に五十六羽も死亡するという異常事態だった。

柴三郎は死んだ鶏と家鴨を東京試験所に持ち帰り、解剖して血液や内臓を細菌学的に検査した。そして、精査の結果、鶏コレラが原因とつきとめた。また、その鶏コレラ菌を健康な鶏に接種したり、培養基で純培養して、その試験成績を論文にまとめた。

この論文が五月十八日付の官報に掲載された。報告書の冒頭は次のように記されている。

「過日来東京府下ニ家禽ノ斃死スルモノ多キヲ聞知シ其ノ所謂鶏虎列刺病ナランコトヲ疑ヒ之ヲ捜索シタル（中略）曽テ佛國ノ学士パストヲール氏ノ発見セルモノニ均シキ特種ノ病菌ヲ検出シ其ノ病実ニ鶏虎列刺ナルコトヲ確定シタレハ今其ノ成績ヲ報道ス」

五年前にフランスの細菌学者、パストゥールが発見した鶏コレラ菌を、日本で初めて整備された実験場で分離同定したのである。緒方と柴三郎の共著となるこの報告書は、日本で最初の細菌学研究論文となった。

「鶏コレラ菌の証明は、わが国の細菌学史上、記念すべき業績だ」

激励に訪れた長与は珍しく興奮していた。

「おかげさまで、何とか形にすることができました」

柴三郎は近来にない充実感を味わっていた。

「これは形どころか、たいへんな成果だよ。北里くん」

「やればできると実感しました」

まだ未熟だった実験手技に自信がついた。柴三郎の細菌学への関心はますます高まり、それに呼応して周囲からの評価もあがった。

柴三郎は八月二十日、徳島県と愛媛県への出張を命じられた。両県では赤痢が流行してその原因究明が求められていた。

柴三郎は現地に赴き、地元の病院長の応援を得て、糞便の検査、赤痢毒の動物実験、赤痢病者の血液検査、死体解剖、顕微鏡検査、空気、水及び土地の試験の六項目について、詳しく調査した。

その復命書が医学専門誌である「東京醫事新誌」に掲載された。

柴三郎は末尾で赤痢の原因探求を総括している。

「以上ノ検索ニ由リ考按スルニ彼ノ『バチルレン』ハ或ハ赤痢ノ固有毒ナランカ而シテ該菌ノ腸壁ノ深層部ニ侵入セサルハ或ハ其ノ性唯腸内面ニ蓄植シテ一種ノ産物ヲ生シ以テ此ノ如キ病症ヲ発スルモノナラン然レドモ試験ニ従事スルノ日尚浅ク加フルニ其ノ容易ノ業ニ非サルヲ以テ今日軽シク之ヲ確定スル事能ハス自今益々研究ヲ勉メ他日確定不抜ノ報告ヲ開申セント欲ス」

後年、明治三十年三月に志賀潔《しがきよし》が柴三郎の指示で世界に先駆けて赤痢菌を発見する。が、じつはこの明治十八年の時点で柴三郎は赤痢菌の概要をつかんでいたのである。出張先での滞在期間を延ばせなかった時間の壁には柴三郎も勝てなかったようである。

明治十八年の夏、突如、長崎港でコレラが発生する。そして次第に市内に蔓延し、全国に広がる勢いをみせ始めた。

長与専斎は事態を憂慮し、徳島県と愛媛県の両県の出張から帰ったばかりの柴三郎を呼んで、

「長崎のコレラを調べてきてほしい」

と依頼した。

「もちろん行きます」

柴三郎は細菌の調査ならどこへでも行く心づもりだった。

「大丈夫ですか」

長崎行きを聞いて、庤は眉根を寄せてたずねた。

「なんがね」

九月十一日付で出された長崎行きの辞令書を見ながら柴三郎は応じた。「御用有之長崎縣へ出張申付候事　明治十八年九月十一日　内務省」とある。

「お疲れではありませんか」

「なに、疲れちゃおらん」

「それと、長崎にはコレラの調査とのことですが、コレラに染《うつ》って病気になる……」

庤は夫が伝染病で倒れるのではないかと心配していた。

「そぎゃんこつはなか」

柴三郎は強く否定した。

「手からの細菌の侵入に注意し、マスクばして、消毒に気ば配れば染ることはなかたい」

柴三郎は伝染病に対し、油断せず、予防手段をとれば、恐れるに足らない点を説いた。さらに、細菌学者を夫に持つ妻に対し、伝染病の基礎知識を教示した。

翌日、柴三郎は長崎に向けて旅立った。この出張で柴三郎の人生が急旋回する。

九月二十日に長崎港に着いた。

その長崎では、八月二十五日から二十八日の四日間で、百十八人のコレラ患者が発生し、うち九十五人が死亡していた。

この直前に朝永東九郎《ともながとうくろう》・長崎区長は、コレラに関して諭達を公布している。

「……漸次蔓延ノ熱ニ付飲食物ハ勿論其他予防等此際一層注意ヲ加ヘ若シ軽微ノ下痢ヲ発スルトキハ速ニ医師ヲ招キ加療候様可致此旨更ニ諭達候事」

諭達の効き目もなくコレラは蔓延した。

柴三郎は長崎医学校教諭、山根正次《まさつぐ》とともにまず、西彼杵《にしそのぎ》郡式見村に向かった。

山根正次は山口県出身。明治十五年東大医学部卒業の医学士で、柴三郎より一年先輩にあたった。後に明治二十年（一八八七年）から明治二十四年（一八九一年）にかけて、公費でイギリス、フランスに留学し衛生行政制度を学んだ。帰国後、警察医長を務め、日本の警察医務を確立した。さらに代議士として六回当選し、日本医学校の初代校長に就任した。

式見村の避病院《ひびょういん》（伝染病患者を収容する病院）には数十人が入院していた。

「これは……」

柴三郎は病院をひと回りして、唸った。

「どうしました」

山根正次が心配そうにたずねた。

「せっかく来たのだが、ここでは検査はできません」

柴三郎は言った。

「どうしてです」

「患者さんにとっては不幸中の幸いといえますが、ここの患者はみんな回復期にあたっています」

コレラは発病して、半週から一週間が山だった。死に至る者もあれば、持ち直して命永らえる者もある。峠を越えたコレラの回復期には、体内の菌は減少傾向にあり、細菌検査には適さなかった。

コレラの症状は、激しい下痢と嘔吐である。発熱や腹痛を伴わない。数時間から、一、二日の潜伏期を経て、突然症状が現れる。下痢の量は非常に多く、次第に便の色やにおいも失われ、排泄物は米の磨ぎ汁様を呈した。水分や塩分が急速に排出されるので、生命が脅かされる。手足は冷え、脈は細く、腓《こむら》（ふくらはぎ）に強い痛みを覚える。

コレラの原因であるコレラ菌は、明治十六年にローベルト・コッホによって発見されていたが、コレラがどのような経路で感染するのかははっきりしていなかった。また、コレラ菌以外を原因と考える説も有力視され、混沌としていた。

今日なら、治療は脱水症の対応と点滴による全身管理で切り抜けるが、当時は冷えた体を温め、葛湯《くずゆ》や茶で水分と栄養を補給した。個人の体力と僥倖《ぎょうこう》に頼り、病勢のおさまるのを待つしかなかった。

式見村の患者たちはコレラの回復期にあたった軽症で、検査標本として必要な排泄物も少なかった。結局、式見村では試験材料は入手できなかった。

「長居は無駄です。帰りましょう」

柴三郎は時間を有効に使いたかった。

再び柴三郎と山根は長崎市内に戻り、港内に設置された避病院に向かった。

「コレラの流行で長崎市民の気は苛立っています」

山根は避病院への道すがらに言った。

「伝染の恐怖にさいなまれているのですね」

柴三郎はあたりを見回した。

市内は人影もまばらだった。コレラの猛威に息を殺している風である。残暑も容赦なく襲いかかっていた。市内に厳戒態勢が敷かれ、白衣に身を包んだ衛生係の役人が、辻々に忙しく働いていた。

「恐怖もさることながら、予防法に神経を使わされるからです。昔の予防法がここでは今も生きています」

「昔のというのは、どういう意味ですか」

「長崎奉行所からの達しです」

江戸時代、コレラが最も猖獗《しょうけつ》を極めたのは長崎だった。海外との唯一の窓口だったので仕方なかった。長崎奉行所はコレラの侵入を常時、監視した。文久三年（一八六三年）六月、長崎奉行所は「これら養生法」を通達した。

コレラは不養生の者が罹りやすく、伝染する病気であるとして、平常の養生と禁止食品を指示した。食物の「あしきもの」は次のような食品である。

「一　すべてたまこある魚　色青き魚
一　いわし　さば　たこ　いか　しび　かつを
一　くしら　このしろ　かに　はまくり　ゑひ　凡しほつけの肴類
一　すいくわ　きうり　まくわ　かき　なし」

コレラの症状が出たら、すぐ腹を温め、湯に足を入れて温める脚湯を勧めている。また、風呂で全身を温め、厚い夜具で汗をかく。体を冷やしてはならない。精神を安定させ、全身を安らかにしなければならない。

日常生活でも細かく注意を促している。

「男女の交りをつゝしみ、多く人のあつまりたる所にゆくへからす、酒食事すぎさるよふにすへし」

コレラが流行すると夫婦の性交渉は制限させられるのである。また、遊廓もしまり、祭りもとりやめで欲望のはけ口が閉ざされる。

明治に入っても、おおむね同じ内容の通達が繰り返し長崎市民に出されたので、コレラへの対応法は体に染みついた。

「コレラが出た」

と聞くと、日常生活の隅々まで規定されるから、市民が苛立つのも当然だった。

長崎港内の避病院には、真性のコレラ病患者とおぼしき患者が五十〜六十人入院していた。痩せこけて顴骨《かんこつ》と眼球ばかりが目立つ患者たちは、病床に低く呻いて、あたかも地獄の様相を呈していた。

「ここに運ばれた患者は、医者が一診もしないうちに死亡した者もあれば、入院して二、三時間のうちに死ぬ者もいました」

病院に搬送する最中に死亡する例もあとを絶たないと山根は言った。

「患者からできうるかぎり排泄物を集めます」

細菌学的な取調べが柴三郎の任務である。

柴三郎は作業衣に着替え、マスクをはめて感染予防の手段を講じた。

消毒済みの鉢に患者の大便を取り、これを摂氏百五十度の熱で滅菌した罎《びん》に移して試験場に運んだ。検査を行なう試験場は長崎県医学校内の解剖室があてがわれた。この長崎県医学校が精得館と呼ばれていた時期、柴三郎の恩師のマンスフェルトが教鞭をとっていた縁《ゆかり》の場所だった。

柴三郎はまず、排泄物を硝子板に塗抹した。ただちに固定するため五百倍か二百倍に薄めた昇汞水《しょうこうすい》に十五分浸す。このあと、アルコール中に投じて昇汞水を除く。そして、蒸留水で洗ってから、検査用の色素で着色して顕微鏡下に観察した。

——これだ！

柴三郎は胸の内で喝采した。

コンマ状（，）の形をした紛れもないコレラ菌が多数蕃殖《はんしょく》しているのが見えた。この瞬間、世界に名を轟かせているコッホが検したと同じコレラ菌を捕らえたのである。

それだけでは飽き足らない柴三郎は、コッホが論文で書いていたのと同じ実験を試みた。まず、栄養液を半分ほど入れた硝子器に糞便を少々投入した。その器の口を綿で封じ、よく振ってそのまま放置した。その蕃殖具合を観察すると、コッホが指摘した通り菌の発育は極めて早く、増殖に増殖を加え、三、四時間後には他のバクテリア（細菌）を圧倒した。

健康者の糞便中にもバクテリアは多数蕃殖しているが、決してコレラ菌は生息していなかった。だが、一旦コレラ菌が蕃殖すると他のバクテリアを抑えて増殖した。そうしたコレラ菌特有の性質も柴三郎は確認した。

「これがコレラ菌です」

柴三郎は顕微鏡下のコレラ菌を山根にも示した。

「これが……」

山根は神妙に顕微鏡を覗いたものの、言葉が続かなかった。菌の形状を直視し、改めてコレラの恐怖を感じたようだった。

「いま危篤状態に陥っている患者がいます」

新しい患者ですと山根はつけ加えた。

「するとまだ排泄物は採取していませんね」

柴三郎はたずねる。

「まだです」

「ぜひ採取させてください」

「もちろんですが、急いだほうがいいですよ」

「危ないのですか」

数日持つかどうかを山根は案じていると柴三郎は思った。

柴三郎は病室に向かい、この患者の糞便を採取した。便はすでに米の磨ぎ汁様を呈していて、衰弱も激しかった。

「持ち直しは期待できないでしょう」

試験場に戻って、柴三郎は感想を述べた。

「確かに。あの患者さんは自分がもし死んだなら、死体を解剖してほしいと請願しています」

山根はこうした請願に基づき、すでに数体の死体解剖をこなしていた。

だが、柴三郎はまだコレラ菌を検出した患者の死体解剖に係わっていなかった。コレラ菌と死亡との因果関係は明瞭にしておきたい点だった。その機会が来るかもしれないと思いながら試験場で検査に明け暮れた。

柴三郎は二十四日に、内務省からの電報で急遽、帰京を命じられた。残念ながら死体解剖に加われなかった。山根に解剖の件を依頼し、検体を持って帰途についた。

「お帰りなさい」

靑は玄関先に柴三郎を迎えた。長崎でのコレラ騒ぎは連日新聞でも報道されていただけに心配も募っていた。高島炭坑では坑員三千人のうち、累計九百人弱が死亡し、凄惨を極めた。

「なんも心配せんでよかてゆうとっただろが」

柴三郎は長崎土産のカステラの箱を揺らしながら微笑った。

再び、東京試験所での研究生活が始まった。試験所で改めて検査すると、山根から電報が届き、例の患者が三十日に死亡した旨、伝えてきた。検体からコレラ菌が検出された。

柴三郎の帰京後も長崎のコレラの流行は続いた。結局、この年、長崎県下でコレラ患者の総数は四千三百余人で、死亡は二千九百二十六人に達した。

柴三郎は連日、長崎のコレラ調査の報告書を詳細に綴った。役所だけでは時間がとれず、自宅でも論文執筆に時間を充てた。

前年にコッホによってコレラ菌が発見され、虎列剌の原因は細菌であると世界中に伝えられたニュースから繙き、長崎県下で発生したコレラを細菌学的に検証した。患者から採取した排泄物をコッホが行なった実験方法そのままに試験して、図入りで詳細に記述した。そして、長崎県に流行したコレラが真性のコレラであると証明した。最後に、コレラ菌が、飲料水に存在するか、空気中か、土中にあるか、今後の研究を待たねばならない。だが、コレラの原因が判明しているので、撲滅と予防の方法は他日好結果を得て、いずれ報道もできるだろう、と締めくくった。

柴三郎がこれまで記した最長の論文になった。

「お疲れではありませんか」

彅がお茶を運んできた。連日、食後に書斎に閉じ籠もり一歩も出てこない夫を案じていた。この日もすでに午前零時をまわっている。

「いや、疲れていない」

強がりではなく、柴三郎は少しも疲れていなかった。この夜、ようやく書き上げた報告書の表題を『長崎縣下虎列剌病因ノ談』として、彅の前で認《したた》めた。この論文は後日、「大日本私立衛生会雑誌」第三十二号に、十二ページにわたり掲載された。内容と風格を備えた一大論文だった。〝細菌学者・北里柴三郎〟の誕生を告げる画期的な報告書でもあった。

「美味《うま》か」

彅が淹れた茶がひときわ美味だった。

第二章　ベルリンの光

一

内務省の一室に三人の男が向かい合って座っていた。かれこれ一時間以上が経過していた。淡い明かりの下、髭を蓄え野性的な風貌を漂わせているのが長与専斎衛生局長である。ときおり油断のならない鋭い視線を投げかける痩せた体つきの男が石黒忠悳である。もう一人は書類の数字にばかり気を取られている影の薄い会計課長だった。

議論が煮詰まったせいか、三人は押し黙ったままである。

「何とかならないのかね」

沈黙を破ったのは石黒忠悳である。陸軍軍医監で、この年――、明治十八年四月より内務省衛生局次長も兼務していた。長与より七歳年下だった。

「先ほども説明致しましたが、予算的には省内から一人でも難しい状況です」

会計課長は予算書の数字を追い、眉を寄せて弁明した。

「だから、そこを何とか、といっているのだ」

石黒は苛立っていた。面長で、鼻が高く、大きな耳と耳朶《じだ》が頭の左右に張り出している。四十代にさしかかったばかりだった。

「やはり、難しい話です」

会計課長は再び苦しそうに言った。

石黒は目を転じて長与専斎を凝視した。何か策はないかと言いたげだった。

議題はドイツの大学へ誰を留学生として送り出すかだった。ドイツ派遣の計画は山県有朋内務卿の決裁を経て、一名分の予算が確保できていた。

近代国家を樹立するには、衛生思想の確立と伝染病の撲滅が欠かせない。そこで長与専斎は内務省直属の技術者をドイツに派遣し、コレラや赤痢等の伝染病学を修得させ、また上下水道の衛生施設を調査させたいと考えていた。長与は以前から内務省、とりわけ衛生局の充実を図るために優秀な人材を集めていた。有為の人材は、組織の充実のために欠かせないし、上司として権勢を温存し強化もできる。その一人が後藤新平だった。愛知病院長をしていた後藤を中央に引き抜いたのである。だが、後藤は事務能力には長《た》けていたが、実地の研究に対しては未知数で、今回の留学では対象外だった。

人材発掘は長与自身の人物鑑定能力も問われる。長与は内務省と医学界の若手を見回した。

――誰がいいか……。

長与が白羽の矢を立てたのが、中浜東一郎《なかはまとういちろう》だった。

「初耳だ」

名前を聞いて、山県有朋は怪訝そうな顔をしたものである。

「中浜万次郎の長男です」

長与は答えた。

「あのジョン万次郎の息子か」

「そうです」

ジョン万次郎は江戸末期、出漁中に遭難しアメリカ船に救助されて、語学や航海術、測量術などを習得して、十二年後に帰国した。その後、英語教授や通訳として活躍し、明治初期に新政府内で果たした役割は大きかった。その万次郎の長男の中浜東一郎は明治十四年に東大医学部を三番の成績で卒業している秀才だった。同期の一番、三浦守治と二番の高橋順太郎は、ともに欧州に留学中だった。二人は帰国後、いずれも東大医学部の教授に就任している。

長与が新規の人材として注目した中浜東一郎は、山県有朋によってドイツ派遣が許可された。

中浜東一郎は東大を卒業後、福島をはじめ、岡山、金沢の医学校の校長や病院長を務めた。著書に共著だが「病床必携医療宝鑑」があり、お雇い教師、ベルツ仕込みの臨床医として実績をあげている。

山県有朋の決裁を受け、長与は当時、金沢医学校の校長兼病院長を務めていた中浜にドイツ留学の意思を聞いた。高給取りの病院長に転身をはからせるには、よほどの条件呈示が必要だが、ドイツ留学以上の好条件は考えられなかった。果たして、中浜は長与の提案を受け入れた。

その後、ドイツ派遣が内務省内で具体化してくると、別の声が起きてきた。

「細菌学と衛生学を研修させるなら、省内に北里がいるではないか」

という意見である。中浜は内務省内で無名だったから、北里採用の案は支持された。

すでに柴三郎は衛生局東京試験所で緒方正規について細菌学を学び、論文も数篇発表している。この実績は誰もが認めるところだった。特に、『長崎縣下虎列刺病因ノ談』は医学専門誌に掲載される前に衛生局内で読まれ、高い評価を受けていた。

柴三郎を派遣生に推す声は日増しに強くなった。

「何で部外から人を連れてくる必要があるのだ」

この声は長与にもある程度予測できていた。だが、声音は予想をはるかに超えて強く大きくこだました。

長与にとって、北里柴三郎はいわば〝身内〟だった。確かに、緒方正規の下で急速に頭角を現してきたが、北里は自分から志願して内務省に入ってきた。冷遇する気はないが、身内の人材として温存し、別の機会に使えると思っていた。

だが、柴三郎を推す声の高まりで長与は微妙な立場に立たされた。すでに長与は中浜の内諾を得ているから中浜の派遣を局長として覆せない。

そこで長与は石黒に諮《はか》り、相談の結果、中浜と北里の二人をドイツに派遣する旨を内々に決めたのである。

そして、この日、石黒ともども、長与は会計課長を呼んで談判に及んだのだった。だが、会計課長は一名でも無理な派遣なのに二人など不可能と難色を示した。

「わが衛生局には売薬印紙税で得ている資金があるではないか」

長与は不機嫌に反論した。

「釈迦に説法で恐縮ですが、衛生局だけで使うわけにはいきません」

「そうだが、何とかならないのかね」

長与は肘掛けを小刻みに叩いている。自ら軌道にのせた税収入が不如意なのは腹立たしかった。

会計課長はしばらく予算書を繰ってから、

「事ここに至りますと、天の声が下されるしか道はないように思えます」

と生真面目に言った。

「天の声とは何かね」

長与は聞いた。

「内務卿の一声です」

「山県公の声か」

「そうです」

「そうか……それしかないか」

頷きながら長与は腕を組んで石黒を見つめた。今度は石黒が凝視される番になった。

「では、わたしが掛け合ってみよう」

意を決して石黒は言った。

石黒は岩代国《いわしろのくに》（福島県）に、弘化二年（一八四五年）に生まれた。江戸に出て医者を志し、江戸医学所を卒業した。兵部省軍医寮に出仕し、明治九年にはアメリカに派遣されて、軍陣医学の調査研究に携わった。西南戦争時、後方支援として大阪臨時病院で兵士の回復や治療に努めた。この陸軍の衛生事業を元勲、山県有朋が高く評価して、行賞して以来、〝山県派〟として働いた。軍医制度の基礎を確立し、やがて、陸軍軍医総監にも就任。その後、男爵位を得、枢密顧問官となり、陸軍と政界に隠然とした力を保持した。

すべての交渉は石黒に委ねられた。

山県有朋は冷徹な官僚として権力をほしいままにしていた。石黒がどれほどその山県の心を動かすか誰にも予測できなかった。

その日、柴三郎は昼食後、長与専斎から局長室に呼ばれた。

「結論が出た。とにかく、これを読んでみたまえ」

長与は柴三郎に一片の紙を手渡した。

柴三郎はわけも分からず紙に眼を落とした。

「内務省御用掛　北里柴三郎

衛生學術上取調トシテ獨逸國へ差遣候事

明治十八年十一月四日

内務省」

読み進むうち、柴三郎は震えが止まらなくなった。

「これはもしかすると……」

激しい心臓の高鳴りで胸が破裂するかと思った。

「もしかすると、わたしのドイツ派遣が決まった辞令書ではないでしょうか」

「もしかするとではない。北里くん、きみがドイツに留学するのだよ」

「本当ですか！」

柴三郎は喜びをどう表現していいか分からなかった。東大を無事に卒業できたときに感じた喜びの比ではない。憧れのドイツに留学できるのである。長与がいなければ、局長室を万歳を唱えながら走り廻りたいほどだった。

「お世話になりました」

あまりのうれしさに涙があふれてきた。夢にまで見たドイツへ、ほかでもない自分が行けるのである。

「この留学は北里くん、きみ自身がつかんだ成果だよ。『長崎縣下虎列刺病因ノ談』が評価された証だ」

「長崎のコレラ調査は全力を尽くしたつもりです」

「分かっている。他の研究員ではあれほど綿密に調査できなかっただろう。きみの力だよ」

「コレラはわが国ばかりか、世界中をこれからも襲うと思われますので、さらに研究を深めたいと考えます」

「心して勤めてくれたまえ」

長与はコッホへの紹介状を緒方正規に書いてもらうよう手配を整えていた。

「するとわたしはコッホ先生のところで……」

「そうだ。コッホの下で細菌学を学ぶのだ」

「信じられません」

あの世界に冠たるコッホの下で研究できるのである。

「信じていいのだ、北里くん。山県公や石黒監に感謝したまえ」

ドイツへの留学は中浜東一郎も選ばれていた。中浜は衛生学の世界的権威、ミュンヘン大学・ペッテンコーヘル教授のもとで衛生学を学ぶ運びとなっていた。

この日、柴三郎は終業時間とともに役所を出て、早足で家に帰った。一刻も早く朗報を乕に伝えたかった。

「乕――っ」

玄関先で叫んだ。靴をぬぐのももどかしかった。

「乕っ」

と叫びながら廊下を走った。

乕は台所で赤いたすきをかけて食事の支度の最中だった。

「どうしました」

肩で息をついた汗まみれの夫に乕はただ驚くばかりだった。

「俤、わしはドイツに行くばい」

「ドイツ……」

「留学だ」

「何の話ですか」

「ドイツに行って研究したいと話したことがあるじゃろ」

「決まったのですか」

「そうだ」

柴三郎は握った辞令書をかざした。

「夢のようですわ」

「夢じゃなか。わしはドイツに行かるっとたい」

「留学なのですね」

「そうだ。ドイツたい」

堰をきって喜びがほとばしり出た。

「しかもコッホ先生の指導が受けられるたい。夢のような話じゃ」

「夢ではないのですよね」

「そうじゃ。夢じゃなか」

「おめでとう」

二人は手を取り合って飛び跳ねながら喜びを分かち合った。そしていつしか体を寄せ合い、うれし涙にくれたまま、いつまでも抱き合っていた。


上野・不忍池の天空に満月が浮かんでいる。

その月明かりの下、柴三郎と俤を乗せた二台の人力車は風を切って走っていた。

「良い日和で何よりでしたね」

俤は人力車の上から隣を走る柴三郎を見つめた。

十月の風が頰を撫でている。昨日までは残暑を思わせる蒸し暑い日が数日続いていたが、この夜は爽やかな秋風に戻っていた。

「ああ、よか日だった」

柴三郎の顔は火照っている。まだ献杯の応酬で飲んだ酒がきいていた。二人は先ほどまで、料亭「松源」で開かれていた送別会の余韻に浸っていた。友人縁者が開いた柴三郎のドイツ留学を祝うささやかな会だった。

「ご両親を呼ばなくてよろしかったですの」

俤が聞いた。

「ああ、かまわん」

「でも、お見せしたかったですわ。今日のあなたの晴れの姿を」

二十歳に満たない俤の顔を満月が明るく照らしている。綸子《りんず》の色無地の着物に亀甲模様の帯をしめていた。赤い玉簪はこの日初めて髪に挿した簪だった。

「電報も打ったし、手紙も書いた。そっでよか」

柴三郎の紋付、羽織袴の正装は、留学の挨拶で宮中に参内したとき以来だった。

このとき、柴三郎は突然、故郷を思い出した。医学を志し、郷里、小国を旅立った日が甦った。山深い道を一日中休みなく歩き続けた。そして、雄大な阿蘇を望む峠でしばらく休息をとった。つぶれた足のまめを手当てしたものである。

――あれは明治七年七月だった。

藁屋根の生家の前に佇み、いつまでも見送っていた両親の姿が瞼に浮かんできた。

あの日から十年余の月日が経っている。

――十年か……。

長いようで、短かった。恩師、マンスフェルトに上京を促され、さらに欧州遊学を勧められた。それがいま、実現しようとしている。自ら摑んだ留学の道だが、眼に見えない幸運に感謝したかった。

不意に堰を切って涙があふれてきた。涙は頬を伝って後から後からあふれてくる。止めようとしても、とめどもなく流れた。

「どうされました」

帰が聞いてきた。

「いや……」

柴三郎は声にならなかった。

「感謝したい。ただただ感謝したいのだ」

涙は流れて止まらなかった。

「父も正装したあなたの姿を誇らしく思っていました。父はご両親に見せたかったと何度もいっていました」

帍の父の松尾臣善は大蔵省の要職に就いている。柴三郎の留学を一大慶事だとしてわがことのように喜んでいた。

「親孝行をする良い機会でしたのに」

柴三郎も本当は郷里から両親を上京させて一緒に祝いたかったが、研究上の準備に追われ精神的な余裕がなかった。だが、無理をすれば、呼べたはずである。悔いがないといえば嘘になるが、それよりも、いまは両親に配慮を示す帍に感謝していた。

「わしは親不孝かな」

柴三郎は顔を隠しながらハンカチで涙を拭いた。嗚咽は止まらなかった。

「それはありませんわ。心のこもった、あんなに長いお手紙を書かれたのですもの」

「そうか」

帰国したら両親を東京に呼び寄せてともに住むつもりだった。

秋風が吹いている。涼しく、しのぎやすい夜だった。

「本当にドイツに行ってしまわれるのね」

帍はいまさらのように感想を洩らした。

「あの、送別の詩が詠まれたときに実感しましたわ」

送別の詩は「送北里君欧行」と題して友人の浜名が創って、会場で吟じた七言詩だった。「肥後男児姓北里　夙人大学攻方技」で始まり、「行矣茫々泰西路　到処山河可研神」で締めくくられた長い詩である。朗々と吟じられたあと、しばらく拍手が鳴りやまなかった。

「ベルリンはどんな町なのでしょうね」

乕は遠くを見る眼で想像した。

「行ってみたかか」

柴三郎はたずねる。ようやく涙も止まったようである。できれば同行させたいところだった。

「いえ、それは邪魔になりますわ」

外交官ですら単身で赴任した時代である。日本はまだ極東の小国で経済力は乏しかった。

「マンスフェルト先生に会えますわね」

「会うてみたか。先生もきっと驚くばい」

恩師、マンスフェルトとの再会が報恩の証だった。

「お体だけはお大切に」

乕は妻らしい心配をのぞかせた。

「ああ、そるは心配いらん。肥後ん山奥で育ったけん、体力にはそーにゃ自信のあったい」

柴三郎は笑い飛ばした。実際、ドイツに留学中、病気らしき病気に一度も罹らなかった。

根は丈夫なのである。

人力車は小石川を抜け、水道橋にさしかかっていた。後楽園の深い森のかなたに満月が浮かんでいた。

それから十日後、柴三郎はドイツに旅立った。

二

北里柴三郎は明治十八年十一月、横浜からフランスの客船「メンザレー号」に乗った。同行者は中浜東一郎をはじめ、大竹多気《おおたけたけ》（一八六二〜一九一八年。後に工学博士。製絨研究）、石川千代松《ちよまつ》（一八六〇〜一九三五年。後に生物学者。東京大学農科大学教授）などで、日本人十数名が同船していた。

客船は台湾、香港、シンガポールを経て、インド洋、紅海、スエズ運河を通過し地中海に入り、明治十九年一月にフランス南東部の港町、マルセイユに着いた。四十日余の航路だった。

船酔いに苦しんだ柴三郎は欧州の地を踏んで、ひとまず安心した。

地中海に面したマルセイユは、古くから商業が盛んで、貿易港として栄えていた。港内には汽船が並んで停泊し、多数の小舟が浮かんでいた。その規模は、柴三郎が日本で目にしたどの港より大きかった。この港町から列車でパリを経由してベルリンへ向かう。大陸の一月は底冷えが厳しい。寒風がプラットホームを吹き抜けていた。車中で泊まり、マルセイユから、四日後にベルリンに着いた。

ベルリンは厚い雲が垂れ込め、気温は零度を切っていた。街路樹と森の緑が目立つ街並みだった。

――黒い森の都だ。

柴三郎の最初のベルリンの印象だった。

ウンテル・デン・リンデン大通りの先にブランデンブルク門が聳《そび》え、門の上に四頭立て古代ローマの戦車を駆る女神の像が載っていた。その向こうに凱旋記念塔が屹立《きつりつ》している。行き交う馬車の蹄の音色も厳しい寒さに乾いた音を響かせていた。

柴三郎はまず、フォス街の日本公使館に赴き、在留届を済ませてから、地図を頼りにクロスター街（Kloster Straße）にあるベルリン大学衛生研究所に向かった。往来は市民たちでにぎわっていた。人々はコートの襟を立て、ポケットに手を入れていた。

柴三郎は石畳を踏み歩きながら、いま自分が一人で、異国の地、ドイツのベルリンを歩いている不思議を感じずにはいられなかった。一カ月余前までは東京で暮らして内務省の東京試験所に通っていたのである。

東京を発つ前に衛生局長、長与専斎から伝えられた訓示が思い出された。

「きみの使命は、衛生学の中でも伝染病科に関する事項についての調査と伝習である」

らない。

さらに、派遣中は内務省官吏の本分を忘れず、責任ある行動をとるようにと申しわたされた。また、帰国後は派遣の使命を活かし、同時に、内務卿の命令に服して奉職しなければならない。

「派遣期間は三カ年間である」

長与専斎は厳かに言い放ってから、訓示書を柴三郎に手渡した。

いまベルリンで柴三郎に与えられた時間は三年間だった。

——三年間……。

衛生局東京試験所では都合、一年半の研究生活を送っていた。いわばその倍の時間が与えられたのだった。何か形になるものができそうな気がした。

いつしか柴三郎はクロスター街にさしかかっていた。

世界に知られたベルリン大学衛生研究所は三階建ての強固な石造りだった。窓の多い設計で、縦長の窓が等間隔に並んでいる。古風な灰色の壁はところどころ黒ずんで汚れていた。

柴三郎は研究所を見上げて、しばらく佇んでいた。

——ここにローベルト・コッホがいる。

そう思うと緊張と期待で胸が震えた。

柴三郎は緒方正規の書いた、レフレル宛の紹介状を持参していた。貴下の御尽力によりコッホ先生の御指導を乞いたい旨の内容がドイツ語で認められていた。緒方はこのベルリン大学衛生研究所で、半年ほどレフレルについて細菌学を学んでいたのである。

柴三郎はベルリン大学衛生研究所の建物の中に歩を進めた。黴《かび》と消毒液が入り混じったようなにおいが鼻腔をついた。

受付を通すと、レフレルの部屋を教えられた。

レフレルは個室で机に向かっていた。微笑をたたえながら柴三郎を招き入れた。

「Guten Tag《グーテンターク》！（こんにちは）」

柴三郎は挨拶してから、さらに自己紹介と訪問意図をドイツ語で伝えた。柴三郎は大学時代にドイツ語とラテン語のお雇い教師、ランゲの下で語学を習得していたので、ドイツ語は流暢に話せた。

レフレルは軍隊にも所属し、軍医も兼ねていた。軍人らしく、肩幅が広く筋肉質だった。だが、案外繊細な手で緒方の紹介状を広げて読み始めた。

「分かりました」

ここで一緒に学びましょうと、レフレルは、教室の配置や研究の仕方を親切に説明した。

「だが、残念だが、いまはコッホ先生には会えない」

「会えない……」

虚を衝かれて柴三郎は戸惑った。どこか海外視察に出かけているとなると、緒方の二の舞いになってコッホの指導を仰げなくなる。

「今日はたまたま休みにあたっている」

「そうでしたか」

一安心だった。

「明日は必ず会えます」

レフレルは遠来の旅人を労《いたわ》るように言った。

その日、宿に帰り、柴三郎はベッドに身を横たえた。

――明日、いよいよローベルト・コッホに会える……。

体は長旅で疲れているはずだったが、世界のコッホに会えると思うと、なかなか寝つかれなかった。

翌朝、指定された時間に柴三郎は衛生研究所に向かった。

ローベルト・コッホが眼の前にいた。

――この人がコッホか。

柴三郎はただただ直立していた。緊張と感激で喉の奥が渇いて、

「Ich《イッヒ》 freue《フロイエ》 mich,《ミッヒ》 Sie《ジー》 kennen《ケネン》 zu《ツー》 lernen《レネン》（はじめまして）」

と言うのが精一杯だった。あとは言葉が続かなかった。

コッホは大きく開口された窓を背景に執務机に座っていた。背後から光の束を浴び、細い金縁眼鏡をかけ、髭を生やした五十二歳の働き盛りの顔は逆光でよく見えなかった。

「Setz《ゼッツ》 dich《ディッヒ》 hin《ヒン》（まあ、座りたまえ）」

コッホは立ち上がると、部屋の中央に備えられたソファに導いた。

「そう緊張しなくてよろしい」

レフレルがかたわらから柴三郎の耳元で囁いた。

昨日、レフレルが約束した通り、この日の朝、コッホに会えた。フリードリッヒ・レフレルはコッホの弟子のなかでも古いほうである。もとは陸軍省の本部にいたが、衛生学を研究するうち、志願してコッホの下で働くようになった。能力も高く、助手としてコッホから絶大な信用を得ている。一八八三年（明治十六年）にジフテリアの病原菌を発見している。

「Danke《ダンケ》 schön《シェーン》（ありがとうございます）」

柴三郎はレフレルに感謝した。緊張した上に、熟睡していない頭には、ただ誰かがそばにいるだけで助かった。

柴三郎はコッホと向かい合った。医学専門誌で見た肖像写真と同じ顔が眼の前に座っていた。ドイツ人にしては小柄で、細身の体を黒い背広で包んだ姿は宣教師を思わせた。

「Nach《ナッハ》 der《デア》 langen《ランゲン》 Reise《ライゼ》 mußt《ムス》 Du《ドゥ》 sicherlich《ズィヒャアリヒ》 müde《ミューデ》 sein《ザイン》（長旅で疲れていないかね）」

コッホは微笑の眼差しを送った。

「Nein,《ナイン》 ich《イッヒ》 bin《ビン》 nicht《ニヒト》 so《ゾー》 müde.《ミューデ》 Ich《イッヒ》 freue《フロイエ》 mich《ミッヒ》 sehr,《ゼア》 Sie《ジー》 zu《ツー》 sehen《ゼーエン》（疲れていません。お会いできて光栄です）」

柴三郎はドイツ語で応じた。

「ほう、きみは良い発音をしてるね」

コッホは感心したようだった。後年、コッホは柴三郎の語学力にまず驚いたと周辺に感想を漏らしている。

「きみは何をしたいのかね」

　コッホは緒方正規からの紹介状に眼を落としながら静かに聞いた。抑揚のない声だった。必要以上に喜怒哀楽を表に出さないのがコッホで、冷淡な人物と誤解される場合も少なくなかった。

「細菌学を学びたいと考えます。なかでも、コレラを研究したいと思います」

「ほう、コレラを」

　どうしてだねとコッホはたずねた。コレラ菌はコッホが世界の流行地に遠征した末、世界で初めて一八八三年（明治十六年）に発見している。

「先生の論文通りに糞便でコレラ菌の培養実験を実行してみました」

「硝子器でかね」

「そうです」

「どうだったね」

　眼鏡の奥でコッホの眼が光った。

「栄養液のなかで、短時間で急速に増殖し、栄養液の表面に漏斗状を呈しました」

　柴三郎は長崎視察中での実験を振り返っていた。縦長の硝子器に入れられた栄養液に糞便を投入して、口に綿栓をほどこした。すると、増殖したコレラ菌が栄養液の表面でＶの字を形成するのが肉眼でも確かめられた。あのとき、コッホの論文通りに形成され、確認できたのは感激だった。

ドイツ語で記されたコッホの論文はコッホが世界に向けて発表した研究成果である。それが柴三郎自らの実験で追認できたのだった。遠く離れた巨《おお》きな医学者と会話ができたと思った。

「コレラがコンマバチルスによってひきおこされることは分かりましたが、菌の詳しい実態や予防、撲滅については未知数です。そのあたりを研究したいと思います」

「なるほど、分かった」

柴三郎のコレラ菌の培養実験はコッホに柴三郎の実力と意欲を印象付けたようである。

「では、当面はレフレルくんについて学びたまえ」

コッホは指示した。

この瞬間、柴三郎はコッホの門下生として認知されたのである。

しばらくは信頼する弟子につけ、見込みがあるときは自ら指導に乗り出すのが、多忙を極めるコッホの教育方針のひとつだった。コッホ自身、実験室に籠もると、どんな相手でも一切入室を禁じていた。

翌日から柴三郎のベルリン大学衛生研究所での研究生活が始まった。ホテルを引き払い、柴三郎はレフレルに教えられて、研究所にほど近いクロスター街のアパートに部屋を借りた。

研究所にはよその施設には置かれていない最新式の顕微鏡やスライドガラス、蒸気滅菌器、凍結装置、各種の培地などが用意されていた。内務省の東京試験所とは、量も質の上でも雲泥の差があり、こうした器具器材に馴れねばならなかった。

柴三郎はこの充実した研究所で実験や培養、観察などに没頭できる環境に感謝した。器具器材に囲まれているだけで研究意欲がかきたてられた。

柴三郎はコッホの真摯《しんし》な対応がいつまでも忘れられなかった。紹介状の力も与《あずか》っているとはいえ、初級の細菌研究者にすぎない柴三郎に誠実に対応した。世界に並ぶ者がいないほどの細菌学者なのに、少しも偉ぶったところのない、コッホの人格を強烈に感じた。

あるとき実験の中休みにレフレルにその初対面の印象を伝えると、

「実はわたしも先生に最初に会ったとき同じことを感じた」

とレフレルは言った。レフレルがコッホに出会ったときは、炭疽菌を発見してコッホの名が一躍有名になっていた頃だった。

「先生は下積み時代が長く、ずいぶん苦労されているから、それが影響して初級者を大事にするのだろう」

「えっ、コッホ先生はエリートとして今日まで歩かれてきたのではないのですか」

一八七七年（明治十年）の炭疽菌の発見に始まり、化膿菌、結核菌、コレラ菌とコッホは矢継ぎ早に人類を苦しめている病原体を世界に先駆けて発見している。華々しい活躍はエリートゆえの業績と柴三郎は思い込んでいた。

「何をもってエリートといっているかは知らないが、先生の場合は小さな地方の医者だった」

コッホは一八四三年十二月、ニーダーザクセン州の小さな炭鉱の町、クラウスタールに十三人兄弟の第三子として生まれた。父は炭鉱管理人だった。自然科学に興味を持ち、伝統のあるゲッチンゲン大学に入学し医学を学んだ。成績は優秀だった。世界旅行を夢見て船医の道を選ぼうとした時期もあったが、結婚を控え病院に勤務し、やがて人口三千余の田舎町、ウォルシュタイン（現在のポーランド、ウォルッティン）の地区保健医官となった。保健医官は公務員職で給与は低いが、収入は安定していて、開業も自由だった。コッホはここで、保健医官として、公衆衛生の指導、病院の監督などの公務をこなしながら、臨床と研究に明け暮れた。そして、炭疽菌を発見し、人工培養法も見つけ出した。さらに炭疽菌を顕微鏡下に捉え、写真撮影にも成功した。コッホは誰の手も借りずに成果をあげたのだった。

コッホが八年住んでいたウォルシュタインの地を去るときは、細菌学というこれまでになかった新しい学問の道筋をつけていた。

「順風満帆ではないですか」

世界に先鞭をつけたのだから順調そのものではないかと柴三郎には思えた。

「いやいや、ウォルシュタインを去って、ベルリンの王立保健庁に職を得るまでには、一大決心が必要だった」

レフレルは後年、コッホ伝染病研究所の第三代所長に就いている。コッホの側近中の側近だった。髭の生やし具合や金縁眼鏡もよく似ていて、一見兄弟のようである。

「コッホ先生はいまでこそ世界のコッホだが、ウォルシュタインで研究している頃は一介の名もない医者にすぎなかった」

炭疽菌の全貌をつかんだとはいえ不安が支配していたとレフレルは言った。

「不安、ですか」

柴三郎はコッホがどんな種類の不安を抱いたのだろうかと考えた。

「正しいか否かだ」

「何がですか」

「炭疽菌の全貌についてだ」

「まさか」

柴三郎は信じられなかった。コッホは世界を舞台に炭疽菌の全貌を証明してみせた。完璧で非の打ちどころがなかった。

だが、当時のコッホは小さな地方都市の田舎医者でしかなかった。実験を成功させたものの、自己流なので間違いを犯しているかもしれない。いわば井の中の蛙の可能性もありうる。業績を公表して、他の研究者から総攻撃を浴びないか。コッホは孤独と焦燥感に駆られた。虚しく日々は過ぎた。

ある日、コッホは意を決して疑心暗鬼と不安から自分を解放するために長い手紙を書いた。相手は、当時、生物学の世界的権威者だったブレスラウ大学のフェルディナント・コーン教授だった。コッホは教授の前で炭疽菌の実験を供覧させてほしい旨を伝えた。

教授は無名の田舎医者の書き送ってきた実験内容が信じられなかった。だが、コッホの真摯で、礼儀をわきまえた文面に申し出を受諾することにした。数日後、コッホは教授の前で実験を行なってみせた。そして、一週間足らずの逗留のあいだに、教授のコッホへの認識は懐疑から驚きへ、そして畏敬へと変わったのである。

コッホは世界に認知されたのだった。

「もしあのときコッホ先生の手紙が反故《ほご》にされていたらと思うと研究者の一人として身の縮む思いがする」

レフレルは肩をすくめてみせた。

コッホは細菌学者として人生を賭けていたが、無視されていたら、その後の、細菌学の父・コッホの誕生は遅れていたか、あり得なかったかもしれない。

そうした体験があればこそ、人との出会いを重視するし、チャンスを求めて現れる若者を大事に扱う。

「きみもわたしも、コッホ先生からチャンスを与えられたことになる」

レフレルは感謝しなければと言った。

その後、コッホは自信を深め、研究に実をあげていった。特有の菌が特有の病気を発病させるという発想に世界で初めて思い至った。コレラ菌はコレラを、炭疽菌は炭疽を発病させる——、今日では当たり前の概念はコッホによって打ち立てられたのである。それもコーン教授に会えたからだった。

コッホにも無名の時代もあれば、不遇な時期もあったのである。

——そうか……。

柴三郎は改めて認識した。自らの研究生活に前途多難を感じつつも、希望が湧いてきた。

やがて、コッホは一八八〇年、ベルリンの王立保健庁の幹部としてとりたてられる。王立保健庁は中央官庁として公衆衛生を取り扱う。コッホは新設の細菌研究所の所長となり、一八八二年に結核菌を発見した。その後、ベルリン大学衛生学教授に迎えられ、衛生研究所の所長に任命された。

柴三郎はちょうどこのベルリン大学衛生研究所で学ぶ機会を得たのである。

「北里くん、きみはなぜ医者、それも細菌学を学ぶ気になったのかね」

あるときレフレルが柴三郎に聞いてきた。

柴三郎はしばらく考えて、

「顕微鏡です。先生」

と言った。熊本時代、それに衛生局東京試験所で体験した顕微鏡下の世界に魅せられた。未知の扉を開けたと実感できた。

「ほう、それは面白い」

レフレルは眼をひろげて驚いてみせた。

「何がですか」

「いや、先生とよく似ている」

「コッホ先生と」

「そうだ。先生は若い頃、総合病院の助手をしていた時代、病理標本を毎日憑かれたように顕微鏡で見ていたという。顕微鏡が先生を変えたのだ」

レフレルはコッホから何度も顕微鏡の魅力を聞かされたという。

コッホの叔父は写真術が趣味で事あるごとに写真板に写した画像をコッホに見せていた。子どもの頃のコッホは昆虫や植物、岩石の収集と観察を好み、叔父と気が合った。この田舎医者の時代、夫の顕微鏡好きを知った妻のエミーは家計をやりくりして当時最良のハルトナック製の顕微鏡を贈った。高価な顕微鏡を購入したため、往診用の馬車は諦めねばならなかった。だが、最新式の顕微鏡のおかげで、コッホの研究は深化し、細菌の顕微鏡写真を世界で初めて撮るまでになった。

――顕微鏡がコッホを変えたのか。

柴三郎は自らの細菌学研究の歩みを振り返り、コッホと同じ道をたどっているというだけで力づけられた。

二十世紀半ば、電子顕微鏡の登場でウイルスの研究が飛躍的に進んだのと同様、十九世紀の後半、光学顕微鏡の日進月歩の発達で細菌学は格段の進歩を遂げた。その先頭にいたのがコッホであった。

コッホの衛生研究所には世界中から俊英が集っていて、常時二十名近くが研究所に出入りしていた。また、ベルリン大学の教授職も務めるコッホは三種類のコースを設定して講義していた。衛生学コースは週三回、学生に講義し、同じ学生に別枠で研究コースを課した。土曜日には一時間の細菌学研究法を講義した。コッホは図版や写真、標本、表などを駆使して、分かりやすい講義を展開した。また、実地検分を重視し、助手をともない学生たちを上水場、病院、食品工場、排水処理場など、衛生に関係する施設に案内した。

三階建ての衛生研究所は古い煉瓦と煤けた漆喰造りで、元は工芸学校の時代を経た校舎だった。それでも、コッホの魅力は多くの研究者や学生を引きつけた。

——さすがコッホの研究所だ。

柴三郎は感心しながら日々の研究に勤《いそ》しんだ。

柴三郎より少し前に衛生研究所の研究員になった人物にヘルターという人物がいる。ほぼ同年配で、顔中に髭を密生させ一見、熊を連想させるが、明晰で気だての良いドイツ人だった。柴三郎は大勢いる研究員のなかで、このベルリン大学出身のヘルターと気が合い、何かと相談を持ちかけていた。将来は、生まれ故郷のフランクフルトに帰り衛生行政官として保健衛生の公務にたずさわる夢を持っていた。

ある雪の降る寒い日に、ヘルターが、

「北里くん、コッホ先生が呼んでいる」

と大柄の体をちぢませながら部屋に入ってきた。

「先生が……。何だろう」

この日、指導官のレフレルは軍のほうに出かけていて休みだった。

「さあ、用件までは分からない」

今日は何か難しい顔をされていたとヘルターは言った。

柴三郎は胸騒ぎをおぼえた。

レフレルの指導の下、課題として与えられた実験は順調にこなしている。レポートも欠かしたためしはない。レフレルの留守の日に、じきじきに呼ばれる理由は思いつかなかった。

柴三郎は実験を中断しコッホの部屋に急いだ。

コッホの研究室は三階の衝立で隔てられた長い廊下の奥にあった。所長室と研究室を兼ねていて、普段は誰も入れぬ神聖な場所だった。

コッホは応接用のソファで待っていた。壁際の硝子ケースには、土器や石器の破片、やじり、鉱石、貝、それに、人骨や動物骨などが並べられている。考古学に造詣が深かった。

「Sind《ジント》 Sie《ジー》 schon《ショーン》 hier《ヒア》 gewöhnt《ゲヴォーント》?（北里くん、ここの生活には馴れたかね？）」

コッホは静かに問いかけた。

「充実した生活を送らせていただいています」

柴三郎のドイツ語はさらに上達していた。

「連日、培養実験ばかりで飽きないかね」

「いえ、基本ですから」

純粋培養法はコッホが確立した手法である。浅い円形のペトリ皿による大腸菌やコレラ菌など、各種細菌の純粋培養の学習は細菌学の基本となっていた。柴三郎は繰り返し純粋培養実験に取り組んだ。純粋培養法の習熟こそ、コッホの衛生研究所の一員として認められる証のような気がしていた。

「かなり寝泊まりして実験しているようだね。レフレルくんにきいたよ」

「眼の離せない実験も多いものですから」

そこまでコッホに伝わっているのかと柴三郎は少し気恥ずかしい気がした。だが、次の瞬間、これは研究室を所長の許可なしに使用する注意なのかと考えた。今回はその件での呼び出しかもしれない。

「徹夜の実験は控えたほうがよろしいのでしょうか」

柴三郎はコッホの返事に耳を澄ませた。

「なぜかね」

コッホが逆に聞いた。

「勝手に実験室を使っています」

「まさか、きみ、実験は細菌学の命だよ。おおいにやりたまえ」

「ありがとうございます」

安堵しながら、柴三郎は頭を下げた。これでこそ細菌学界で世界を代表する泰斗だという気がした。

「ところで、きみはコレラを研究したいと前からいっていたね」

コッホは聞いた。

「この疫病はいま、日本の国民を悩ませている病気であるばかりでなく、人類の業病のひとつだと思うからです」

コレラ菌はコッホによって、一八八三年に発見されている。コッホはコレラ菌の病原性を主張した。そして、コレラは伝染病であり、公衆衛生の徹底と汚染飲料水の排除により予防できると考えた。今日なら常識化しているこうした定説も当時、すべてが容認されていたわけではなかった。

あたかもそれは一九八〇年代に、エイズ（後天性免疫不全症候群）の存在が注目されたとき、ホモセクシャルのあいだで広がる特殊な病気と考えられたのに似ている。さらに、世界で蔓延の兆しがみえて、諸説や異説が流布された。やがて、HIVウイルスの発見により病気の全貌が確認された。だが、二十一世紀に至っても、明確な治療法は未だに確立されていない。

コッホのコレラ菌病原性説に強く異を唱えたのは世界的にも有名な衛生学者、ミュンヘン大学ペッテンコーフェル教授である。ペッテンコーフェルはコレラは土壌を介して拡散すると主張した。土壌が伝染性の物質を産生してコレラを蔓延させるから、飲料水は何らコレラの流行に関係しないと唱えた。

年月を経て、ペッテンコーフェルは自説が受け容れられない事態に業を煮やし、一八九二年、コップについだコレラ菌の培養液を衆人の前で飲んで見せ、信じてやまないコレラ土壌学説を〝証明〟してみせた。幸い発病しなかったが、こうしたコレラが土と関係するという考え方は根強かった。日本でも、松本良順・軍医総監自らが、コレラは伝染病ではなく精神的胃腸カタルであると主張している。

柴三郎がベルリンのコッホの下で学んでいた同じ時期、中浜東一郎はミュンヘンで、このペッテンコーフェル教授から衛生学を教えられている。また、森林太郎（鷗外）も約一年間、ペッテンコーフェルに師事している。

「北里くん、きみのいう通りコレラは人類の業病だ。菌は発見されたが、未知の部分に支配されている。これからまだまだ研究しなければならない伝染病だ」

コッホの言葉に柴三郎は黙って頷いた。

「そこで、北里くん、きみに研究テーマを与えたいと思うのだが、どうだろう」

「たいへん光栄です」

何なりとおっしゃってくださいと柴三郎は居住まいを正した。

コッホから与えられたテーマは、『チフス菌及びコレラ菌の含酸或いは含アルカリ培養基に於ける関係』だった。細菌学上、まだ誰も手をつけていない課題である。柴三郎に、いわば初めて巨《おお》きな目標ができたのだった。一筋縄ではいかない難しいテーマだけに、やりがいを感じた。

柴三郎は雲の上の人と考えていたコッホからじかにテーマを与えられた。

――相手は世界だ。

柴三郎は武者震いをおぼえた。

部屋に戻り、ヘルターに伝えた。

「それはすばらしい目標だ。わたしはまだ先生からテーマを与えられていないから、北里くんはずいぶん評価されている」

「そうだろうか」

評価の視点など持ったためしはなかった。

「評価は高い。先生は試薬に何を指定された?」

「いや、何の指示もない」

「数の指定も?」

「ない」

「それはたいへんだ。だが、指示がないのは先生が北里くんを信頼している証だと思う」

ヘルターは柴三郎に畏敬の眼差しを送った。

柴三郎は実験の準備にとりかかった。

実験の徹底を期すために入手できる可能な限りの試薬を集めた。酸は、塩酸、硝酸、燐酸、硫酸、亜硫酸、乳酸、酢酸、蟻酸、クエン酸、酒石酸、リンゴ酸、シュウ酸、硼酸《ほう》、タンニン酸、石炭酸の十五種類を揃えた。アルカリは、水酸化カルシウム、水酸化カリウム、水酸化ナトリウム、アンモニア、炭酸カリウム、炭酸ナトリウム、炭酸アンモニウム、炭酸リチウム、水酸化バリウムの九種類を、他に塩類である、ヨードカリウム、ブロームカリウム、塩化カリウムの三種類を準備した。これら合計、二十七種類の試薬について濃度をそれぞれ違え、また、チフス菌とコレラ菌も複数の菌株を用いて実験を進めた。

昼も夜もなく、ひたすら実験に専念した。下宿と衛生研究所を往復する毎日だった。

「北里くん、少しは休まないと体をこわすよ」

ヘルターが柴三郎の体調を案じた。

「何、これしきのことでこわれたりしない」

「息抜きにたまには遊んだらどうだ」

「いや、やりたい実験をしないほうが体に悪い」

柴三郎は微笑ってこたえた。

実験につぐ実験だった。

その結果、チフス菌とコレラ菌の培養や消毒について多くの新しい知見が得られた。予想外の成果があがった。この結果を論文にまとめるのは楽しい作業だった。

「Wunderbare《ブンダバーレ》 Arbeit《アルバイト》, Herr《ヘル》 Kitasato《キタサト》（北里くん、なかなかの出来だよ）」

一読して、コッホは手放しで称賛した。この論文は後日、一八八八年、ドイツの医学専門雑誌「衛生学雑誌」に"Über das Verhalten der Typhus und Cholerabazillen zu saure oder alkalihaltigen Nahrboden"（含酸又は含アルカリ培養基における、チフス菌及びコレラ菌の挙動）と題して掲載された。柴三郎が外国専門雑誌に発表した最初の論文だった。

柴三郎の研究心と手腕を評価したコッホは、ただちに柴三郎に次のテーマを課した。『コレラ菌に就いて、（一）乾燥及び温熱に対する抵抗力、（二）人糞中の生活、（三）乳中に於ける関係』という課題だった。

コレラ菌は長崎への出張以来、柴三郎も研究の充実を志向していた細菌だった。柴三郎は十五種のコレラ菌の株を用意した。これを絹糸とガラス板に塗り、計三十種を培養の基本とした。そして、環境として、室温、乾燥器内、飽和湿度器内の三条件下に置いた。

さらに実験の作用時間を設定した。最初の一時間から十時間までは一時間ごとに行なうことに決めた。その後は十五時間、以下、二十四、三十五、四十八、七十二時間後とした。さらに、四日後、以下、五、六、七、八、九、十日後とした。こうして決めた所定の時間ごとに菌を取り出し、普通寒天培地とブイヨンの二種類の培地に移植した。時間がきて、移植の作業にとりかかるときはまさに菌との格闘である。合計、四千回近く移植しなければならなかった。この結果を観察して菌の生死を判定したのだった。

時間との闘いで、実験の初期には実験台のそばから離れられず、食事も睡眠もとっている暇はなかった。体力の限界に挑みながらの実験だったが、世界でまだ誰も研究していないテーマであり挑戦への意欲が湧いてきた。

柴三郎は寝食を忘れて実験に没頭した。

ヘルターは柴三郎のそばに来て実験をのぞくものの、何を言っても無駄という風に肩をすくめてみせ、お大事にと一言、言って帰るのが常だった。

柴三郎はコレラ菌について、第一の実験を終え、第二、第三の実験へと進んだ。第一の実験同様の移植や挑戦が強いられた。未知の研究を極めるという目標に気力で邁進した。頬がこけ、眼窩が落ちくぼみ、目に見えて体重が減少するのが自覚できた。食欲も失せ、不眠は続いた。もはや心身の限界を超えていた。しかし、柴三郎はこの難局を凌いで、研究成果をまとめてコッホに提出した。

「もうできたのか……」

コッホは興味にかられたのか大部の実験報告書を次々に繰っていった。

「北里くん、短期間でよくこれだけやれたね」

一気に読み終わってコッホはしきりに感心した。柴三郎はコレラ菌の性状を明確にする課題を的確にこなしたのである。

コッホはその場で柴三郎に第三番目のテーマを与えた。『人工培養基上に於ける病原及非病原菌に対するコレラ菌の関係』という課題だった。

――少しの休みもない。

柴三郎は声もなく、師の顔を見続けた。ようやく実験が終わったばかりで、正直、立っているのも大儀だった。それなのに、次のテーマを提示している。だが、コッホの座右の銘に思い至り納得した。「しばしも怠ることなかれ」がコッホの口癖である。その精神に違《たが》わぬ指示だった。相次ぐテーマの設定はヘルターも指摘するようにコッホの柴三郎に対する評価の証明という気がして研究心が湧き上がった。

柴三郎に再び、実験に次ぐ実験の生活が始まった。

一八八七年（明治二十年）四月――、柴三郎は一人の人物をベルリンに迎えた。留学先のミュンヘンから手紙を寄こしている森林太郎（鷗外）である。森のことは衛生局東京試験所で一緒だった賀古鶴所から、秀才の誉れ高い人物としていつも聞かされていた。賀古と森は東大医学部で同級生である。柴三郎とは二年先輩にあたる。

森は以前からコッホに会わせてほしい旨、依頼してきていたのだった。柴三郎はコッホに相談し、研究室に迎えてもよいという一応の了解を得ていた。

森は四月十五日にミュンヘンを発ち、十六日にベルリンに着いていた。

「元気で何よりだ」

柴三郎は森をビアレストランに迎えた。

「きみも元気そうだな」

二人はジョッキをぶつけ合い、ビールを口にした。異国の地にいるというだけで昔の同窓生は親密感が増すものだった。

「案外、早いではないか」

柴三郎はもう少し時間を経て森がベルリンに来るものだと考えていた。

「コッホ先生の了解を得ていただいたとのこと、お礼申し上げる」

森は軍服で身を固め、いかにも陸軍のエリート然としていた。着古した背広姿の柴三郎とは雲泥の差だった。

「もうミュンヘンを離れていいのか」

柴三郎は森の予定変更とも受け取れる行動が理解できなかった。

「構わない。上の了解は得てある。早く細菌学を学んでみたい」

ベルリン移動は実は独断だった。東京には事後報告していた。

森のドイツ留学中の予定は、橋本綱常《はしもとつなつね》・軍医監（橋本左内の弟）との会見で、衛生学を修めるためにつく師の順序が決められた。まず、ライプチヒでライプチヒ大学衛生学教授・ホフマンに、ミュンヘンでミュンヘン大学衛生学教授・ペッテンコーフェルに師事し、このあと、コッホに師事する旨が予定されていた。あくまで予定であり、教授の日程や心証でしばしば変更された。森の場合、ホフマンのあと、ドレスデンで五カ月間、ザクセン軍団軍医長・ロートに予定外で学んでいる。

森は無難に衛生学を修めた。さらに、新興の細菌学にも興味が湧いて、いつしか、コッホの下で細菌学を研究する実験生活に憧れるようになった。ラボラトリウム（実験室）は森の一番気の休まる場所なのである。

だが、明治国家が森林太郎に求めているのは、細菌学の研究ではない。実験の専門家でもない。留学の辞令には、「陸軍衛生制度調査及び軍陣医学研究」とある。陸軍を強化し、盤石にするための医学上の研究を求めたのである。森には陸軍を忘れた研究も実験もないのである。内務省官吏としての、柴三郎の留学目的と決定的に違っていた。

森は明治十七年八月に日本を発っている。ドイツに来て以来、ドイツ文学と哲学に魅せられ、下宿先で毎晩、憑かれたように読みこなしていた。

帰国後、小説『舞姫』を発表し、文壇に打って出て、『うたかたの記』『文づかい』を相次いで書いた。作家として名をなす一方、医者、軍人、官吏、教育者として、多方面で活躍した。

留学中、柴三郎が昼夜の別なく細菌学を修める熱心さに較べれば、森の衛生学を習う態度は通り一遍であった。だが、森は細菌学の修得には意欲を示したのである。

柴三郎は四月二十日、森をコッホの部屋に案内した。

「北里くんに聞いたが、きみはこれまでペッテンコーフェル教授の下で学んでいたというね」

コッホは聞いた。

「そうです」

森は威儀を正して答えた。

「何を研究していたのかね」

「それは……」

森はペッテンコーフェルの下で書いた論文のタイトルを伝えた。「ビールの利尿作用」「アグロステンマ・ギダゴの有毒性とその解毒について」「アニリン蒸気の有毒作用に関する実験的研究」である。流暢なドイツ語だった。

「それがどうして今、わたしのところに来たのかね」

コッホは警戒の眼差しを向けた。コレラ菌の生態について学説を異にし、コッホとペッテンコーフェル教授は折り合いが悪かった。学会でも犬猿の仲で通っている。

「衛生学ではなく、最新の細菌学を研究したいと思います」

森は強調した。

脇から柴三郎が気を利かせ、森はペッテンコーフェルばかりでなく、ホフマンやロートに師事した経緯を伝えた。

「そうか、では、しばらくここで学んでみたまえ」

コッホは入門を許した。

この日、森は『独逸日記』に「従学の約を結ぶ」と記している。森はコッホの下で学べるようになったのである。とはいえ、コッホからテーマをもらう前に、五月二日から二十七日まで、細菌学の講義をコッホの門下生、フランクとフレンケルから学ばねばならなかった。

森がこの入門講座を受けている最中の五月二十四日、コッホは柴三郎、森、それに隈川宗雄《くまがわむねお》（森と同時期に留学。後に東大医科大学長）を導き、ベルリンの水源であるストララウを案内した。衛生及び細菌学研究の一端である。

五月三十日、コッホは森に実験の題目を与えた。「ベルリン下水道の細菌検査」だった。

「もっと実のあるテーマが欲しかった」

森は失望しながら、柴三郎にこぼしたものである。確かにコレラやジフテリアなどといった最新の細菌学研究とはほど遠かった。

「最初は仕方がないではないか」

柴三郎はどう応えていいか分からなかった。

「そんなものかな」

ミュンヘンのときとそう変わらず森は不満だった。

「良いレポートを書けば、そのうち先生も大きなテーマを与えるだろう」

柴三郎は勇気づけたつもりだった。

三

その日、柴三郎はベルリン在住の邦人からニュースを聞いた。日本政府の要人がベルリンに来るとざわめいている。

「要人とは誰だろう」

柴三郎は情報に詳しい森に聞いた。

「石黒忠悳だ」

森は緊張の面持ちで、即座に答えた。軍医監で陸軍省医務局次長である石黒渡来の〝密報〟は五月十二日に届いていた。意想外の渡来だった。森はドイツでの行動でかなり石黒を欺いているので後ろめたい面が多々あった。

石黒は日本の国際赤十字加入のため、政府代表の一員としてベルリンに来るのだった。

九月にカールスルーエで開催される万国赤十字総会に参加して、日本は赤十字に加入しようとしていた。

三年前に開かれたジュネーブでの第三回大会に出席したのは橋本綱常だった。この大会で準備万端を整え、今回の大会で橋本は自らその仕上げを予定していたのだが、手柄を石黒に横取りされてしまったのである。石黒は山県有朋を後ろ楯として急速に力をつけていたのだった。その石黒は陸軍省医務局内で橋本に代わって主導権を握るために、有能で博識な人材である森を味方につけておく作戦に出て、当の森には圧力と懐柔の二面工作をはかっていた。若い留学生の森は東京での橋本局長と石黒次長の暗闘や確執には不案内だったが、友人の賀古が概要を手紙で知らせてきていた。

森にとって石黒は頭のあがらない相手だった。八月二十四日の帰国予定日がせまっていた。留学期間は残り数カ月である。だが、石黒は職権で延長を確約していたのである。森にとって最良のニュースだったが、ますます管理が強化されそうだった。

——何だ……。

要人とは石黒忠悳だったか。

柴三郎は必要以上に気にする森と違って、自分にはあまり関係ない人物の登場だと思った。ただ、留学に道筋をつけてくれた恩人ではある。

七月十七日、石黒忠悳がベルリンに着いた。その数日後の夜、柴三郎は急に石黒から宿泊先に来るように言われた。柴三郎はコッホから与えられたコレラにまつわる実験の最中で、ちょうど微妙な反応を確認する重要な行程にさしかかっていた。できれば、実験室から離れたくなかった。が、石黒からの呼び出しとなれば行かずにはいられない。

石黒の部屋にはなぜか森林太郎が同席していた。二人はすでに用件が終わっていたらしくくつろいでいた。

「遅かったではないか」

石黒は不快な顔で出迎えた。面長な顔が歪んでいる。

「申し訳ありません」

十五分ほど遅刻していた。

「何をしていた」

「ちょっと研究の手がはずせなかったものですから……」

実験の詳しい、ましてコッホから与えられた命題は専門的すぎて柴三郎は説明する気になれなかった。それより、どんな用件かは知らないが、早く切り上げて一刻も早く実験室に戻りたかった。

「細菌学の習得は順調かね」

石黒は聞いた。

「コッホ先生の助言と指導の恩恵にあずかっています」

「そうか」

石黒は満足そうだった。

「貴公の留学期間は満三年で、すでに二年目に入っている」

「おかげさまで少しは形になりそうです」

柴三郎の言葉に石黒はしばらく頷いていた。

「では、中浜東一郎と交代するがいいだろう。貴公は残りの一年はミュンヘンに移ってペッテンコーフェル教授の指導を受けたまえ」

「何といわれました」

柴三郎は自分の耳を疑った。何かの聞き間違いではないかと思った。

「だから、貴公はミュンヘンの中浜東一郎と代わって、ペッテンコーフェル教授の下で学ぶがいい」

石黒は事務的に繰り返した。

「それは、わたしがコッホ先生の下を離れてミュンヘンへ行けということですか」

「そうだ」

石黒はこともなげに言った。

瞬間、柴三郎の頭のなかで稲妻が走った。

――黙っていられるか！

自分にも相手にも雷《ドンネル》を落としたかった。己には励ましのドンネルである。

「それは良い策とはいえません」

柴三郎は自分の顔が真っ赤に火照っているのが分かった。

「何っ」

石黒はひきつった顔でソファの背もたれから上体を起こした。

「細菌学の修得には時間が必要です。一年や二年では充分に学び得ません」

「貴様、誰に向かって話している」

「この時期に交代しては、中途半端に終わり、結局中浜も困ると思います」

「これは上官の命令だぞ」

石黒は眼を剝き、肘掛けを叩いて声を荒らげた。

「分かっています。しかし、わたしの細菌学の修得はまだ緒についたばかりです」

「黙れっ。これは内務省とも相談の上で決まった官命だ」

「しかし細菌学は新興の学問ですから部外の人には容易に理解できません」

「何をいうかっ」

「それはコッホ先生にきいていただければ分かります」

柴三郎は怒りの稲妻が走る頭で精一杯冷静になって反論したつもりだった。

「分かるも分からぬもない。決まったことだ」

「どうか、細菌学のことはこの北里にまかせてください」

「うるさいっ。貴様、上司の命に背いてただですむと思っているのか」

「いえ、そんなつもりで話しているのではありません。細菌学は特殊な学問なのです」

柴三郎の必死の抗弁に、業を煮やして石黒は立ち上がった。

「貴様……」

両手は拳になっていた。

それまでの二人の遣り取りを聞いていた森が、

「ちょっと待ってください」

とあいだに入った。

そして、石黒をなだめながら、柴三郎の腕を引いて素早く隣室に導いた。

「北里、どういうつもりだ」

「どうもこうもない。いま話した通りだ」

「官命に反抗してはためにならないぞ」

森も興奮の態だった。

「細菌学の根本が理解できていない。暴言を黙ってきいていろというのか」

柴三郎は顔を紅潮させ、拳で机を叩いた。

「森もコッホ先生の下で学んでいるから細菌学の困難と深遠は分かるだろう。一朝一夕には修得できないのだ」

「それは分かっている。だが、相手は石黒だぞ」

森は押し殺した声で言った。石黒の東京から届く書簡での指示は詳細と執拗を極めていた。彼の権勢欲と容喙《ようかい》好きを誰よりも知っているつもりだった。

「相手など問題ではない。細菌学が大事だ」

柴三郎は怒りがおさまらず肩で息をしていた。

「石黒のおかげで留学できたのではないか」

「恩にきている。しかし、それとこれとは別だ」

「少し冷静になれ」

「いや、ここは退《ひ》けない」

「退かないと、懲罰扱いになる」

「かまうものか」

「すべてを失うぞ」

「仕方がない」

再び柴三郎は机を叩いた。

「それはどういう意味だ」

「自分の望みが容れられないなら……」

柴三郎は一呼吸置いた。

「どうする」

森は息を詰めた。

「衛生局を辞めるだけだ」

「辞める？」

「そう、辞めるだけだ」

柴三郎は口にして、一瞬不安がよぎっていた。自分が辞めたとき、果たしてコッホが拾ってくれるか否かである。

――置いてくれるはずだ。

感触にすぎないが、確信はある。信じるしかなかった。

人生の分かれ目に落とした雷《ドンネル》だった。もう、後戻りはできない。

留学に際して長与専斎から渡された訓示書には、派遣中は内務省の官吏である旨の条項が入っていた。内務省の命令に服した奉職が義務づけられていた。いま、その命令を破ったのである。衛生局を首になる覚悟はできている。

「辞めてどうする」

森は心配そうに聞いた。

「何、どうにかなる」

「どうするのだ。滞在費をどう調達する？」

「どうにか捻出する」

留学生には、年間六百円が支出されている。大金だった。辞めれば当然打ち切りになる。すべてコッホに相談して工面するしかなかった。

「捻出できなくなったらどうする」

「そのときに考える」

柴三郎は肚をくくっていた。

森にとって、柴三郎の辞職や免官は他人事ではなかった。

留学が延期されたのは、石黒忠悳の任務を補佐するためだった。石黒は日本の国際赤十字加入のため、カールスルーエで開催される万国赤十字総会に政府代表の一員として参加する予定だった。赤十字加盟は、一国一機関と定められていた。明治新政府は日本の国際化のためにも、赤十字加盟を重視していた。石黒はこの会議の通訳として、谷口謙とともに、森にも同行を求めていた。さらにその後、プロシア兵の隊付事務研修を内々に命じてきていた。衛生学の修得からもはずれた任務であり、森は不本意だった。これに対して日本からの家族の便りでは、陸軍を辞めても修学の費用は工面するからと協力を伝えてきている。力強い支援だから石黒の指示に抵抗して、細菌学を修得する道を選ぶのは可能だった。だが、森は森家の長男として、国費留学の立場を放擲《ほうてき》してまで研究に賭ける気にはなれなかった。

「どうにかなるはずだ」

柴三郎は覚悟ができていた。

「そんな考えでどうする。短気は損気というではないか」

森は諫めながら、内心、自分の行動と比較していた。己の目標に忠実に邁進する北里、家族の支援がありながら不本意な立場に甘んじている自分――。毅然と怯懦《きょうだ》。何という違いか。

森は胸のなかで溜め息をついた。

「わしは、覚悟はできとっ。もう決めたったい」

柴三郎は口を一文字に結んでいた。実は、石黒からミュンヘン行きを命じられたとき、希望が一瞬にして瓦解し、奈落を感じた。動揺して、あたりかまわず泣きたいほどだった。それをかろうじてこらえたのは、熊本へ遊学のため、一人、家を発つとき、母の言った言葉が頭をよぎったからである。

「柴三郎。世の中、生きとっとは一人。頼るっとは自分だけだけん。どぎゃん辛かめにおうても、やるしかなか。わき目もふらず進むしかなか」

母の貞が落とした雷《ドンネル》だった。

その教えを思い出し、覚悟が決まったのである。

「もう決めたったい」

柴三郎は繰り返した。

「分かった。あとの折衝はまかせてくれ。だが、今夜のところはこのままにしておくのがよい」

森は柴三郎の決心が固いのを知った。と同時に、事態の混乱を回避するために、石黒の前で、一晩考えると柴三郎に言わせるように仕向けた。

柴三郎もひとまず森の提案に従うことにした。森が柴三郎の立場を最も理解していると信じたからである。

柴三郎は石黒の部屋に戻り、

「少し考えさせてください」

と不承不承、頭を下げた。

その夜遅く、森が柴三郎の下宿を訪ねてきた。

「石黒には一筋縄ではいかない細菌学の修得を話した。少しは理解したはずだ」

森は言った。

「交代する話はどうなった」

柴三郎の関心はそこにある。

「既定方針通りに違いはない」

官命が覆ることなどあり得ない。森は柴三郎の期待する気持ちが理解できなかった。柴三郎が失望するのは時間の問題でもあるから、気の毒で同情を禁じ得なかった。

「何だ。まだ細菌学を理解しないのか」

柴三郎に再び怒りがこみあげてきた。だが、石黒の狙いがどうであれ、柴三郎の態度は決まっていた。交代命令が撤回されないなら辞めるだけの話だった。肥後もっこすは一度決めたら後へは退かないのである。

「だが、石黒はコッホ先生に会って意見をきいてみようといっている」

そう言いながら、森は石黒の示した態度が解せなかった。あれほど官命は絶対だと宣言しておきながら、柴三郎の抵抗にあってコッホとの面会を受け入れている。自己の方針を押しつけ、融通のきかない石黒にしては、考えられない急変である。優柔不断でさえある。

「脈はあるのか」

柴三郎は石黒への不信感と反抗心しか湧かなかった。

「そうともいえる」

森は曖昧に答えて続けた。

「この際、北里は明日、石黒をたずね、ベルリンに留まり細菌学が研究できますようにと、頭を下げて頼みこむのがいいだろう」

頭を下げてどれほどの効果があるか疑問だったが、森はそう助言した。

翌日、柴三郎は石黒の宿泊先に赴いた。

「コッホ先生の下でさらに細菌学の研究を深めたいと考えます」

ご配慮をお願いしますと、深く頭を下げて、ベルリン残留を頼み込んだ。と同時に、細菌学修得の困難さを説明した。

石黒は不機嫌そうに黙って聞いていた。反応は何もなかった。そのまま柴三郎が部屋を辞そうとしたとき、石黒は初めて口を開いた。

「ひとつ貴公にきいておきたいことがある」

「何なりと」

柴三郎は再び石黒の叱責にあうものと緊張した。ところが石黒は意外なことを問いかけた。

「コッホ先生の予定を知りたい」

ここ十日ほどのコッホの日程をたずねた。

――先生に面会するのは本当だった。

柴三郎はそう思いながら、コッホの空《あ》き時間を詳しく伝えた。

それから一週間ほどして、柴三郎が実験室で記録をとっていると、森が小走りで入ってきた。

「きいたか、北里」

とやや興奮ぎみだった。

「何の話だ」

柴三郎はまだ顕微鏡を覗いていた。

「北里、残れるぞ」

「何事だ、藪から棒に」

「ベルリン残留が決定だ」

「えっ、本当か、森」

柴三郎は椅子を蹴って立ち上がった。

「ありがたい。石黒も分かってくれたのか」

「そうだ」

「中浜はどうなる」

「彼はペーテンコーフェルのところに残る」

「決まったか」

「ああ、決まった。いま、石黒からきいたばかりだ。北里のこと、コッホに頼んだといっていた」

伝えながら、森はいまだに信じられない気持ちだった。激怒した石黒が矛をおさめ官命を取り下げたのである。絶対に起こりえない事態が発生したとしかいいようがなかった。

「よかったばい」

柴三郎は胸のつかえが一度に吹きとんでいた。ようやく細菌学修得の難しさを理解したのだろう。

「よかったなあ。北里」

「恩にきる、森。きっと、石黒は先生に会って、ようやく細菌学修得の難しさを理解したのだろう」

「そうなのだろうな」

森は半信半疑だった。

「これでわしは安心してベルリンで学べる」

柴三郎は森の手をとって握った。石黒が官命を伝えた場に森がいなかったら事態はどう動いていたか予測できなかった。森の取りなしで、ひとまず場が静まったのは事実である。

後年――、柴三郎と森は立場を異にして反目しあう場面がしばしば見受けられた。が、このベルリンでの一件ではお互い、一細菌学研究者同士として純粋に動いた。両者にとって、幸せな瞬間だった。とりわけ、柴三郎にとっては幸運で、運命の分かれ目だった。

森は石黒の態度がどうしても理解できなかった。石黒の性格を知悉《ちしつ》しているだけに、命令の撤回は不可解としか映らなかった。北里のような一学徒の訴えに耳を貸して、前言を翻すような人物ではない。職務に忠実で冷徹な官僚である。

明治新政府の下、官命は絶対である。その官命が柴三郎の場合、覆ったのである。

前代未聞の出来事だった。

同時期にベルリンに私費留学していた三等軍医、武嶋務《たけしまつとむ》は留学仲間からの根拠のない中傷で、石黒によって辞職に追いやられ、免官となった。そして、失意のうちにドレスデンで客死した。森は武嶋の経緯を小説『舞姫』の主人公、太田豊太郎の中に投影させている。

悪質とはいえ、単なる噂話で免官になってしまうのが留学生である。身分は軽かった。柴三郎の官命への反抗は、即刻辞職の対象となって、帰国命令が出てもおかしくない。ところが、その後、免官や懲罰の話は出なかった。

すべて、石黒の決断だった。ベルリンに逗留中、石黒は陸軍省と内務省からの留学生について、その人事権を握っていた。柴三郎についての生殺与奪は石黒の掌《てのひら》にあったのである。石黒は当然、規定の方針通り、北里柴三郎と中浜東一郎を交代させるつもりでいた。ところが、予定を変更せざるを得ない事態が生じたのである。

石黒はコッホの日程があいたある日、衛生研究所を訪ねた。そしてコッホから柴三郎の日常や与えた研究テーマ、研究実績などを聞いた。コッホの熱を帯びた口調から語られるのは、柴三郎の細菌学の才と急成長を証明する内容だった。石黒は北里柴三郎がコッホから厚く信頼されているのを思い知らされた。この高い評価は、認識不足で、計算外だった。

コッホは柴三郎を手放す気はなかった。もし、石黒が強行手段に出て柴三郎を免官にしたなら、コッホはそのまま柴三郎をひきとり研究を継続させるだろうと石黒は判断した。すると、留学生の人事管理もできないのかと、逆に石黒は上司としての立場を失う可能性もある。だが、官命を貫けばコッホを無視しても、責任は問われないはずである。コッホに会ったのは柴三郎から熱心に提案されたからなのか。それは些細な理由にしかすぎなかった。

石黒はコッホに対し、日本政府じきじきのある重要な特命を帯びていた。
それは、コレラ対策だった。日本は伝染病の対策なしに国家の存続はないと真剣に考えていた。また、不平等条約下、貿易事務の点で国際的に制限を受けていたものの、検疫制度の確立も急務と重視していた。コレラの侵入は検疫制度を確立して水際で防止するに如《し》くはない。

プロシアでは、コレラ予防の規制法を制定していてコッホも委員を務めていた。そのコッホから指導を受けさせるために、内務大臣、山県有朋は、中央衛生会委員の資格で石黒をベルリンに派遣したのである。

日本はコレラの予防策と流行時に於いての対応策を模索し、国家としての法整備を急いでいた。石黒は細菌学界の泰斗、ローベルト・コッホに教示を受ける必要があり、柴三郎の依頼に関係なく、コッホを訪問する予定だった。

石黒は与えられた特命を遂行するために、コッホの心証を害する事態だけは避けねばならなかった。もし、コッホの前で、北里柴三郎の人事異動を話せば、コッホの怒りは眼に見えていた。すると、特命の遂行は不可能となり、石黒自身の身分も危うくなる。そこで、石黒は中浜東一郎との交代の一件を撤回したのである。

コッホは柴三郎を高く評価している。石黒としても、内務省衛生局の一幹部として、急成長を遂げた北里柴三郎に、帰国後、細菌学者としての活躍を期待しなければならなかった。
石黒は他の任務を果たしながら、日本政府がコッホに正式に会見を申し込むのを待った。

そして、機が熟した、明治二十一年（一八八八年）五月三日、コッホの研究所を正式に訪問した。

石黒はコッホに明治十九年に日本全国を襲ったコレラ大流行の状況と統計書を示した。患者数十五万五千余人、死者十万八千余人を数えた。ひとつの伝染病で十万人以上が死亡している。コレラの制圧は国家存亡の一大問題であった。

しばらく報告書を繰ってから、コッホは、

「東京や大阪は上下水道が完備されていないのではないか」

と聞いた。

「その通りです」

石黒は羞恥を覚えた。徳川二百六十年の弊が終わったばかりで、近代化には程遠い現状だった。石黒は他国からのコレラの侵入をどう防ぐべきかを問いかけた。

海港検疫の方法は、有病地を出港して五日以内、また船中にコレラ患者が乗船していて、まだ五日間を経過しないとき、入港前にまず船客を上陸させ一カ所に停留し、船内の疑わしい部分、衣服などを消毒する必要があるとコッホは指摘した。

「国際的な常識では五日間が一応の目安だが、もっと長く注意する必要がある」

とコッホは指導した。

さらに、上下水道の整備を重視するコッホは、長崎、東京、横浜、大阪の水道事情を問いかけた。

「三年前から手始めに横浜で改良上水工事に着手しています」

石黒は国内事情を説明した。

横浜は第一の開港場で外国人の往来が多く、最初に工事を始めたのである。上水の改良工事を計画している都市はいくつかあったものの、下水の改良に理解を示すまでに至っておらず説得中だった。

コッホは、コレラ予防の基礎や井戸水、水道水の衛生保持について要所を解説した。

「導火線を湿らせて発火を防ぐのが防疫上、最良の方法である」

というのがコッホの主眼だった。

「臨時検疫に要する資本を、一括してコレラ流行の導火線となっている長崎の上下水道の改良に充てるのが最大の急務であると思う」

とコッホは助言した。

この日はここまでで終わった。

次いで、五月七日に石黒は再びコッホを訪ねた。

コッホは、コレラの根絶法について言及した。コレラを予防する上で上下水道の整備は必須条件だった。水道対策に着手した上で、コレラが外国より侵入して患者が発生した場合、五項目の対応策を呈示した。患者を避病院に移す。病毒汚染物を消毒または焼却する。家屋を消毒する。近くの井戸を閉鎖する。

さらに第五として、

「長崎のような要地には、北里のようなコレラ検査に十分な能力を持った医師を常置することが必要だ」

とコッホは強調した。

また、上下水道を整備するには工期に年月がかかり、当面、経過措置をとる必要があった。その重点施策として、島に検疫所を設置する案を勧めた。検疫所の運営や注意点をプロシアでの経験をもとに細かく指示した。

石黒は長時間にわたる指導のあいだ、逐一メモをとり、コッホの下を辞した。

その後、日本はコッホの助言に従い、明治二十四年、海外諸港より来航した船舶に対し検疫を行なう勅令を公布した。明治二十八年に至り、陸軍が似島（広島）、彦島（山口）、桜島（大阪）に臨時検疫所を開設し、翌、明治二十九年、内務省は消毒所を検疫所として整備した。長浜（神奈川）、和田岬（兵庫）、赤間関（山口）、女神（長崎）、函館（北海道）、西舟見町（新潟）の六カ所である。このとき柴三郎はすでに帰国し、伝染病研究所を設立していて、伝染病の予防と撲滅の最先端に位置して指導的地位にあった。

今日、日本は世界でも有数の防疫体制が完備された国となり、海外からの伝染病の侵入を最小限にくい止めている。こうした衛生立国を可能にしたのは、細菌学を通じて伝染病の撲滅に寄与した北里柴三郎ほか、明治の医学者たちの貢献に負うところが大きい。

四

柴三郎は下宿と衛生研究所を往復する生活を続けた。石黒からミュンヘン行きを命じられ、一時は失望の淵に落とされたが、元の実験中心の生活を続けられるようになった。

柴三郎は研究の合間にコッホに礼を述べるために所長室に出向いた。

「先生のおかげでベルリンで研究生活が続けられます」

「何、これはきみの実力の賜《たまもの》だよ。これからもしばしも怠《おこた》らず、さらに研究に邁進したまえ」

コッホは厳しくも優しい口調だった。

柴三郎は恐懼《きょうく》して所長室をあとにした。

明治二十年（一八八七年）九月、森は万国赤十字総会に出席のため、石黒忠悳に同行してカールスルーエに出かけた。この会議で日本は国際赤十字に正式加盟したのである。

一方、柴三郎もまた国際会議出席の準備に入っていた。内務省より命じられオーストリア、ウィーンで開催される万国衛生会議に出席した。この会議には、中浜東一郎も出席し、カールスルーエに出かけていた石黒や森、谷口も九月二十八日に合流した。石黒忠悳は日本政府を代表していたが、森と谷口に公務はなかった。柴三郎にとって初めての国際会議への出席である。世界中から集まった衛生・細菌学者との交流を果たした。

再びベルリンに戻って、柴三郎はコッホから与えられたテーマをこなすために実験を続けた。

十月も残り少なくなった頃の夕方、柴三郎が研究室に籠もっていると、森が部屋に入ってきた。雪が降ってもおかしくないほど底冷えしていた。

「どうした、森、体調でも悪いか」

「少し疲れた」

「休んだらどうだ。顔色が良くないぞ」

「ああ、わかっている。いま下水道の操作所に行って操作監から話をきいて、試験材料をもらってきた」

森にはもともと気の乗らないテーマだった。二日前にも別の下水道の操作所に出かけ責任者と会っている。加えて森には石黒がらみの雑用を処理しなければならず、実験に集中できなかった。

森はこの日さらに、通訳のために石黒とともにプロシア軍人を訪ねる予定が入っていた。柴三郎と違って研究に専念できる環境になかった。不満は蓄積していた。

その後、森は十一月十四日、石黒忠悳から正式に隊付医官の業務に就くように命じられた。隊付の仕事をしておけば、陸軍本部の受けもいいからという理由だった。

不本意な辞令ながら、森は、

「ただ命令をきくだけです。意見を述べるつもりはありません。謹んで承諾します」

と答えている。

柴三郎の抗弁とは天地の差があった。

森にとって、さらば、ラボラトリウム（実験室）だった。そして、明治二十一年三月十日、ドイツ皇帝、ヴィルヘルム一世が崩じた歴史的な節目の翌日、『独逸日記』に記している。

「十日。普国近衛歩兵第二連隊の医務に服すべき命あり。隊務日記の稿を起す。」

一方、実験生活を続ける柴三郎は看過できない論文に出合った。オランダのペーケルハーリングという病理学者が脚気の原因となる細菌を発見したと医学専門誌に発表したのである。バタビア（インドネシアのジャカルタ）に赴いて脚気の研究に従事していたペーケルハーリングは、脚気の病原菌として一種の球菌の存在を報告していた。脚気に対し、脚気菌説を唱えたのである。

謎めいた病気が存在し、それに科学のメスが入り、病態が次第に解明されていく。その間、種々の仮説の下、医学者による研究の試行錯誤や紆余曲折がある。医学解明のひとつのパターンである。コレラをはじめ、痘瘡《とうそう》（天然痘）、結核、ペストも、近年のラッサ熱、エボラ出血熱、エイズ（後天性免疫不全症候群）、サーズ（重症急性呼吸器症候群）も同様の経緯をたどった。脚気も例外ではなかった。

今日、脚気はビタミンB_1の欠乏による栄養障害とその病態が解明されている。症状は、全身の倦怠感、食欲不振、下肢《かし》の浮腫《ふしゅ》などがみられ、知覚異常や呼吸困難をきたす場合もある。

特に、重症例である心臓障害を起こす脚気衝心《しょうしん》では鬱血性の心不全に陥り、死を招くケースも珍しくなかった。

だが、当時――、十九世紀後半の医学では、原因不明の病気として医学者の研究対象となっていた。ビタミンという概念のない時代だった。

脚気は、東洋の米を主食にする民族に発生する病気で、ヨーロッパではほとんどみられなかった。原因として、諸説入り乱れて論じられたが、栄養障害に起因する説と脚気菌による伝染病説の二説が大勢を占めるようになっていた。

そうした、原因不明の脚気に対し、ペーケルハーリングは脚気菌の存在を発表したのである。

「おかしい」

ペーケルハーリングの論文を読んで柴三郎はしきりに首をひねった。

「どうかしたのかね」

先輩の研究者であるレフレルが横から尋ねた。

「この論文にある脚気の原因についての記述は、どう考えてもおかしいのです」

「そうかね」

レフレルは論文を手にして流し読みした。欧州人であるレフレルにはあまり関心のない病気のようだった。

「疑わしいのです」

「正しくないのだね」

レフレルはまだ流し読みしている。

「そうです」

「根拠は何かね」

「実験過程の記述に不備があります。それと、脚気の原因が細菌というのは信じられません」

柴三郎は持論を披瀝した。

「それなら専門誌で反論したらいい」

「それはそうなのですが……」

「学者なら当然のことだ。何を躊躇している。自信がないのかね」

「いえ、科学的に論破できます」

「それなら、なおさら載せるべきだ。間違いが横行しては医学の進歩はない。いや、妨げとなる」

「同感です」

それでも柴三郎はまだ迷っていた。

「ドクトル北里、きみらしくないな」

レフレルは論文を机に戻して言った。

柴三郎はしばらく考えていた。そして、意を決して口を開いた。

「実は脚気菌説については、わが国ですでに発表があるのです」

「何、きみの国に？」

レフレルには初耳だったようだ。

だが、すぐ気を取り直して、

「きみの国にあろうが、なかろうが、間違いを正すというのが本筋ではないかね」

と言った。

「そうです。やはりそう思われますか」

「思うも何も、当然の話だ。ここに至って何を迷っている」

「そうなのですが……」

柴三郎は語尾を濁した。

「おかしい。放置しておけば、きみは将来、必ず後悔する。なぜ、決断しないのか」

レフレルは理解できないという顔で席を立とうとした。

「その日本人医学者というのは、先生もよくご存じの人物です」

「わたしがかね？」

レフレルは胸に手を当てながら訝しそうに首をかしげた。

「緒方正規氏です」

「おお、オガタか」

緒方正規がベルリンに留学中、ちょうどコッホはコレラ調査で海外に出かけていた。そのとき、細菌学を教えたのはレフレルだった。

緒方正規は明治十八年（一八八五年）四月十八日、東京大学理学部の教室で脚気病菌発見を発表していた。招待状は東大総理・加藤弘之と長与専斎衛生局長の連名で出された。橋本綱常、石黒忠悳、高木兼寛《かねひろ》をはじめ、日本を代表する医学者が千人以上集まった。どれほど注目されたかは、この参会者の数で分かる。緒方はこの席で、脚気は一種のバチルレン（桿《かん》菌《きん》）によって起こると脚気菌説を唱えていたのである。緒方は後年、自説をドイツ語に翻訳してドイツの医学専門誌にも発表している。

「緒方は帰国後、細菌学を講じ、わたしは一年間、指導を受けました」

柴三郎は言った。

「そうだったのか。オガタ医学士はなかなか優秀な人物だった」

レフレルはベルリン留学時の緒方を思い出したようである。

「緒方はわたしの師なのです。もし、脚気菌に反駁すると、師匠に弓を引くことになります」

できれば避けたかった。

レフレルはしばらく思案していた。

「ドクトル北里、きみの悩みは分からないでもないが、学問に私情をはさんではならないのではないかな」

「反駁せよといわれるのですか」

「そうだ」

「しかし……」

柴三郎はまだ躊躇していた。

「ドクトル北里、学問の世界で何が一番大切だろうか。真実だ。私情をはさむのは不徳だ。わたしがもしコッホ先生に間違いがあったなら、迷わずそれを指摘する」

レフレルはやや興奮の態で続けた。

「先生はそれに怒るだろうか。おそらく、非を認めて、むしろ感謝すると思う」

「そうなのですが……」

柴三郎は決心がつかなかった。それから悶々とした日々が続いた。

「北里くん、きみは学問の世界を理解していない。それどころか甘くみているのではないか」

迷っている柴三郎にレフレルは厳しい口調だった。

——学問の世界は甘くない。

この言葉で柴三郎はようやく決心した。

柴三郎はただちにペーケルハーリングの実験の不備を突いた論文を書き上げ、ドイツの細菌学中央雑誌に発表した。

この柴三郎によるペーケルハーリングへの反論はベルリンに留学中の日本人医学生のあいだでも話題となった。

留学生の一人、森林太郎は、明治二十一年三月十八日の『独逸日記』に記している。

「北里ペエケルハアリング《pekelharing》と脚気細菌の事に就きて争端を開けるを語る」

柴三郎は一細菌学者として、脚気菌はあり得ない話として公言したかった。

柴三郎によるペーケルハーリングへの批判論文に対し、当のペーケルハーリングは怒りをあらわにした手紙をコッホに送ってきた。

「どうしたものだろうか」

コッホは手紙を示しながら、柴三郎にたずねた。コッホは自ら招いた問題ではなかったので困惑していた。

柴三郎は提案した。

「菌株を送ってもらいましょう。わたしが彼の実験通りに試験してみます」

この提案はすぐに受け入れられ、すでにオランダに帰国していたペーケルハーリングは菌株を柴三郎の元に送ってきた。

早速、この材料で実験を始めた柴三郎は、数度の検証の結果、ペーケルハーリングの言う、いわゆる脚気菌は単なる葡萄状球菌にほかならない事実をつきとめた。脚気とはなんら関係なかった。

柴三郎はこの結果をコッホに報告した。

「やはり脚気菌はあり得ない話でした」

コッホはそれを受けて、ペーケルハーリングに、再試験してはどうかと返事を書いた。

それに対するペーケルハーリングからの反応は意外な形で表れた。

ある日、コッホが一人の外国人を連れて、柴三郎の部屋を訪れた。

「北里くん、紹介しよう」

その訪問客こそペーケルハーリングその人だった。コッホが再試験を勧める手紙を書いてから一年が経過していた。

「あなたが……」

柴三郎は赤い髭を顔中《じゅう》に蓄えた大柄の男を見上げながら握手を交わした。

「その節は失礼しました」

柴三郎は論破した相手に礼を失《しっ》してはならないと考えていた。

「いえ、お礼をいわねばならないのは、こちらのほうです。ドクトル北里。あなたのために、自分の実験の非を確認できたのですから」

ペーケルハーリングは心から感謝していた。

柴三郎は公正であるべき真の学問の世界を知ったのである。

ペーケルハーリングへの批判論文に続いて、柴三郎は緒方正規への反論も学術誌に発表した。

まず、ドイツの医学専門誌「細菌学・寄生虫学中央雑誌」に〝Ogata, Über Kakkebazillen.（緒方、脚気菌について）〟というタイトルで発表した。

その後、日本国内の専門誌「中外医事新報・第二二一号」に、「緒方氏ノ脚気『バチルレン』説（日本官報一八八五年及八六年）ヲ読ム」という題で論文を発表した。緒方の実験は「誤迷ノ甚シキ者ト謂ハザル可カラズ」として、実験の不備を痛烈に批判している。

これには日本国内で柴三郎に対して批判が一斉に起こった。東京大学総理の加藤弘之は、「師弟の道を解せざる者」と酷評した。大学の総意であった。

文章による柴三郎への攻撃は森林太郎に代表される。すでに帰国していた森は「統計ニ就テノ分疏《ぶんそ》」（「東京醫事新誌」第五八四号。明治二十二年六月八日発行）と題した一文の中で次のような意見を披瀝した。

「脚気菌ノ問題世間ニ囂《かまびす》シカリシ程ニ伯林《ベルリン》ニ客タル友人北里柴三郎ハ先輩タル緒方博士ニ対シテ憚ルサマモナクオノガ意見ヲ述べシヲ恩少シトモ云ヒ徳ニ負ケリトモ云フ人アレド、コハ必ズシモ然ラズ北里ハ識ヲ重ンゼントスル餘リニ果テハ情ヲ忘レシノミ」

これには柴三郎も黙っていなかった。

柴三郎は森林太郎の文章に反論した。ベルリン残留の一件では森にひどく世話になっている。だが、いま、森は柴三郎を攻撃してきた。昨日の友は今日の敵に変貌していた。

柴三郎は、明治二十二年八月五日付で、森に公開の場で反論の手紙を書いた。精一杯、怒りを鎮めて綴った。

「東京醫事新誌」（第五九九号）に『與　森林太郎　書』と題して掲載された。

「貴説に由れば生（注・柴三郎自身）は識を重せんとする餘りに果ては情を忘れたりとの事に候。成程御説は一應御尤もの様に候へ共こは未だ生の深意を御洞察被成たりと云ふ譯に到り兼候。生は情を忘れたるものに非ず。私情を制したるものなり。左に愚見を陳述致すべく候。情に二様あり。一つを公情となし一つを私情とす。或る場合に於ては公情以て私情を制せねばならぬことあり」

　この公情以て私情を制せねばならぬ場合として、西南戦争を例に引いている。この戦争に於いて、父子兄弟師友で意見が分かれたとして、賊軍が天下に跋扈したときは、公情を以て私情を制して父子兄弟師友を討つ。国のために天下を安泰にするのである。同様のことは、学問の世界でもいえる。

「学事の爲めには忍び能はざるの私情をも之を制し公平無私の情を以て之か研究に従事するに非ざれは終に其真理を究むること能はざるに至るの恐あり」

　この柴三郎の〝学事至上主義〟のために、世間が狂と指弾し、恩知らずと批判しようと、一向に頓着しない。憂慮するのは、医学真道を踏み迷って岐路に陥ろうとしている日本の医学界の傾向である、と宣言している。

　書簡は「柴三郎拝。森林太郎　足下」で結ばれている。レフレルに促され、また柴三郎も確信しての〝学事至上主義〟だった。

　緒方への脚気菌反駁の論文とこの森への反論の手紙は、その後、柴三郎と〝東大派〟との長く続く確執のひとつの伏線となった。

　冬のある日、柴三郎は窓からぼんやりとベルリンの街並みを眺めていた。等間隔に植えられた柏の街路樹はすでに落葉し、幹と枝だけの裸木に変貌していた。

——どぎゃんしたらよかっだろか。

柴三郎はこのところ実験が手につかなくなっていた。捗《はかど》らない実験もさることながら、留学期間の問題が頭の中を支配していた。期限切れという危機が迫っていたのである。

当初の予定では、留学期間は三年と定められ、期限のこの年——、明治二十一年末で完了して帰国しなければならなかった。石黒忠悳から、ミュンヘン行きを命じられたときの危機は何とか乗り切ったが、新しい難問が生じていたのだった。

柴三郎の細菌学に対する研究はまだ半ばだった。もう少しベルリンに留まり、研究の実をあげ世界のレベルを究めたかった。

一方で柴三郎は留学延期願の下書きを書いていた。何度推敲したかしれなかった。

「我邦専門学者ニシテ、其専門学科ヲ以テ万国ノ人ニ知ラレ信用セラルルモノ、今日ニ至迄未ダ壱人モ顕出セサルハ、実ニ我邦学事ノ一大欠点ト言フヘシ」

「小官、不肖ナリト雖モ、一タヒ命ヲ奉シ衛生学中、伝染病学科ヲ専修スル以上ハ、後日此学ヲ以テハ万国ノ学者ニ後レヲ取ラスシテ共ニ併行スルノ点ニ迄我学力ヲ進捗セシメント日夜服膺《ふくよう》勉励」

書いては破った、向こう二年間の留学延期願の下書きだった。

ベルリンの街は春を思わせる昼食後の暖かいひとときで、人々は街にくり出し活気があふれていた。石畳の道を陽を浴びながら、馬車がゆっくりと進んでいる。澄んだ蹄の音が往来に反響していた。ヴィルヘルム二世が君臨し、ビスマルクが宰相を務めるこの国は自由と自信に満ちているようだった。

「Was《ヴァス》 siehst《ズィース》 du《ドゥ》?（何を見ているのかね？）」

背後からのいきなりの声に柴三郎は身構えるように振り向いた。

コッホが佇んでいた。

「先生……」

柴三郎は大きく息をついた。

「驚かしてしまったようだな」

コッホは気まずそうに微笑んだ。

「ちょっと考えごとをしていました」

「そうか。すまなかった」

それからコッホは手にした紙の束をテーブルに置いた。

「これはよくできている。だが、いまひとつ実験にきめ細かさが足りないようだ。あと一息だ。気を抜かずに進めたまえ」

コッホから与えられているテーマについての中間報告書だった。人工培養基上での病原及び非病原菌に対するコレラ菌の関係という課題である。この特殊研究は最終段階まできていたが、先が見えなくなっていた。きめ細かさが足りないとコッホが指摘するように、実験は粗さが目立っていた。それは柴三郎自身、気付いていて、集中力に欠けているのだった。

そのままコッホは部屋を出て行こうとした。

「先生、実験はこのまま続けてもよろしいでしょうか」

柴三郎はたずねた。

「もちろんだとも。あと一息だといっているではないか」

「ですが、最終の結論を出す自信がありません」

「自信……。きみらしくもない。気を抜かずに進めれば必ずできるはずだ」

「できるかもしれませんが、その前に留学の期限が切れてしまいます」

そのために実験が手につかないとは言えなかった。

「それは困る。わたしはきみに頼みたいテーマがまだあるのだ」

コッホはこの時期、人類の業病に対する予防や治療法について、すでに遠大な計画をたてていて、それには優秀な部下を必要としていた。発表されれば、世界の耳目を集めるのは確実だった。

柴三郎はコッホの示した態度に、ダンケシエン《ありがとうございます》を繰り返した。

「しかし、先生、国の留学期限には逆らえません」

石黒忠悳から出された交代命令と違って、予定は変更できないと思われた。

「御国の都合もあるだろう。だが、わたしにも都合がある。なんとかできないか」

「留学の延期願を書くつもりでいます」

「おお、それは名案だ。なぜ、早くいわないのだ」

コッホは積極的だった。

柴三郎は延期願の下書きを示した。

「早速、清書したまえ。わたしは推薦文を書いて残留を依頼する。一緒の郵便に同封してほしい」

コッホにとって、優秀な研究員の確保は死活問題だった。北里柴三郎はいまや、衛生研究所に欠かせない人材だった。

「もし……、これはあくまで、仮定の話だが、もし、御国が留学の延期を認めないなら、わたしはきみを雇い入れるつもりだ。嫌だといわれればそれまでだが」

「とんでもありません。ありがたいお話です、先生」

柴三郎はコッホの配慮に感謝した。それほどまでコッホに信頼されているのは感激だった。

「個人の力には限りがある。それはウォルシュタイン時代にいやというほど思い知らされた。もう少し大きな研究所が欲しい」

それに研究に専念したいから教職を離れたいと言った。

「えっ、それでは、先生はベルリン大学をお辞めになるのですか」

「そのつもりだ。だが、これはまだ内密にしておいてくれたまえ」

「もちろんです」

柴三郎は事態が急変する予感を覚えた。コッホの身辺で何かが動き出している。と同時に、地位や身分というものは永遠ではないと知った。安住こそ我が身に危機を呼ぶ。

「北里くん、細菌学は未開の沃野だよ」

コッホの指摘に、柴三郎は黙って頷いていた。

その場でコッホは推薦文を認めた。柴三郎は清書した延期願とともに日本に郵送した。が、返事はなかなか届かなかった。毎日、下宿の郵便受けをのぞくがいつも空だった。

やがて、北里柴三郎の下に明治二十一年五月四日付、内務省・長与専斎衛生局長名で、手紙が届いた。封筒を開けるのももどかしく、中の文書に目を走らせた。

「貴下留学延期之儀内務大臣閣下へ稟請ノ上　尚二ケ年間留学之義許可相成候」

柴三郎は信じられずに何度も読み返した。「尚二ケ年」の留学が許可されたのである。

――あと二年残れるたい！

柴三郎は思わず叫んだ。

〝内務一等技手・北里柴三郎〟は明治二十三年末まで留学の延期が認められたのである。

柴三郎は手紙を持って所長室に走った。

「おお、決まったか」

コッホはわがことのように喜んだ。

「先生の推薦文のおかげです」

「これで研究に集中できるな」

「できます」

柴三郎は足取り軽く研究室に戻り、実験を継続した。

明治二十一年（一八八八年）六月三日――、ベルリンのフリードリッヒ写真館に、計十九名の日本人医学者が蝟集した。その後、この陣容でのシャッターチャンスはなかった。日本を遠く離れたドイツ、ベルリンでその場面は切りとられた。奇蹟的な瞬間だった。陸軍省軍医監、石黒忠悳を中央に当時のドイツ医学留学生が一堂に会したのである。いずれも帰国後、日本の近代医学の発展に寄与した医学者たちだった。錚々たるメンバーで、いわばエリート集団の記念撮影といえる。

以下の陣容である。（括弧内は帰国後の主な経歴）

・河本重次郎（東大初代眼科教授）
・片山国嘉（日本法医学のパイオニア）
・山根正次（日本医学校初代校長）
・中浜東一郎（日本保険医学協会会長）
・田口和美（日本解剖学会会頭）
・浜田玄達（日本産科学のパイオニア）
・島田武次（宮城病院婦人科産科長）
・加藤照麿（昭和天皇侍医）
・北川乙次郎（和歌山県立病院長）

・瀬川昌耆（東京小児科病院設立）
・隈川宗雄（日本医化学のパイオニア）
・江口　襄（大阪城南病院長）
・谷口　謙（陸軍省出仕）
・佐方潜造（宮内省侍医局勤務）
・尾沢主一（上海にて客死）
・武嶋　務（ドレスデンにて客死）

それに、森林太郎（鷗外）、北里柴三郎である。

この日の森林太郎の「隊務日記」――

「三日。至両営。有新病兵二人。閲為務受書状一。此日呈五月第一大隊病兵表二。本表不藉病院助手之手而製之。従轂獵兒之命也。」

記念撮影にまつわる記述はない。

石黒忠悳をはじめ、十九名全員に笑いや余裕はない。緊張感が支配している。が、一方で、胸を張り選ばれた者の矜持も漂っていた。

写真館の撮影会場で、森林太郎は後方一番左に立つ。一人、軍服姿である。この時期、プロシア軍の隊付医官の業務に就いていて、その任務にふさわしい服装だった。北里柴三郎は後方右から二番目に位置する。ハイカラーのワイシャツに背広。頭髪は櫛で整えて真ん中から分け、鼻の下に薄く髭を蓄えている。カメラの方を向かず、口許を引き締め、右前方に視線を送っている。自信に満ちているのは留学延期が成った安堵のためかもしれない。

森はこの撮影のほぼ一カ月後の明治二十一年七月五日、石黒忠悳とともにベルリンを発ち、帰国の途についている。

五

細菌学の世界で「コッホの三要件」が知られている。細菌学における実験の基盤であり、研究発展に貢献した原則である。

十九世紀後半、細菌学は最新の学問で、細菌の世界は未知の領域に支配されていた。伝染病の実態そのものが未知だった。ある一つの伝染病には、特有の病原体が一つ存在しているという概念もこの頃生まれた。一つの伝染病に二つ以上の病原体はあり得ない。

未だ病原体の発見されない伝染病がここに存在したと仮定する。実際、結核、コレラ、ペストなども最初はすべて未知の病気だった。一時期のエイズ（後天性免疫不全症候群）もこの状態だった。この場合、病原体を発見し、学問的に認知されるには、ある条件を満たさねばならない。それが、コッホの三要件である。
一、一つの伝染病には顕微鏡で見て一定の形をした病原体が見つからねばならない。この病原体は健康人や他の伝染病患者に見られてはならない。

二、発見した病原体を体外で人工的に培養して、その純粋培養に成功しなければならない。一種類だけの細菌を人工的に培養するのが純粋培養である。
三、この純粋培養病原体を実験動物に接種すると患者と同様の症状を起こす。
以上がコッホの三要件であるが、この原則に馴染まない細菌が当時、存在していた。破傷風《はしょうふう》菌である。

破傷風は破傷風菌によってもたらされる病気である。体の深い箇所の傷に侵入する。破傷風菌が産生《さんせい》する神経毒により、咀嚼《そしゃく》筋のこわばり、嚥下《えんか》困難などをきたし、やがて全身の筋肉が痙攣《けいれん》して、激しい疼痛を訴え死に至る。初期診断と適切な治療が遅れると、今日でも七割以上が死亡するので危険な病気のひとつに数えられている。

柴三郎がコッホの下にいた時代、破傷風は汚染された土壌から伝染する病気と判明していた。破傷風菌は一八八四年（明治十七年）、ドイツのニコライエルによって発見され、土壌の表層に存在する破傷風菌をネズミや家兎、モルモットに接種して破傷風の症状を起こす実験に成功していた。また、別の医学者は破傷風菌が破傷風患者の膿中に存在することをつきとめた。ニコライエルによって発見された菌、つまり破傷風菌が破傷風の病原菌であると学問的に証明するには、この菌を純粋に培養して、それを実験動物に接種して破傷風を発生させることが絶対条件だった。それがコッホの三要件を満たす。

そこで、世界中の細菌学者が破傷風菌の純粋培養に挑戦した。結核、コレラ、ジフテリアなど、これまでベールに包まれていた病原菌はいずれも分離されて、純粋培養されていた。

ところが、破傷風菌だけが純粋培養されずに置かれていたのであった。

当時、細菌学者として名前も知られていたゲッチンゲン大学のフリュッゲ教授は、

「テタヌス菌（破傷風菌）は特殊な菌なので、これを分離して純粋に培養できるものではない。他の菌との共棲によってのみ初めて培養できる」

と結論づけた。医学専門誌に発表され、この学説が世界の細菌学界の定説として信じられていた。

「破傷風菌は単独では存在できないのだ」

大家の説に異を唱える者はいない。医学者たちは破傷風菌の純粋培養を諦めた。

だが、柴三郎は納得できなかった。フリュッゲ論が掲載された「衛生及伝染病彙報《いほう》」を何度も読み返したものの、賛同できなかった。そればかりか、破傷風菌の純粋培養に挑戦したいと考えた。そして、どこかで口火を切りたいと機会をうかがっていた。

当時、コッホは週一回、週末の午後に抄読会《しょうどくかい》を主宰していた。新研究の発表や新着の論文を紹介したりする場だった。門下生が持ち回りで司会をつとめ、コッホが時折意見をはさむ勉強会で、研究所の一室で開かれていた。だが、ときにはビアホールに出かける日もあった。

その席上、柴三郎は、

「フリュッゲの説は信じられない」

と発言した。

名だたる門下生たちは怪訝な様子で柴三郎を眺めた。反応は冷ややかで、誰も取り合おうとしない。

「なぜ、破傷風菌の純粋培養を諦めるのか、わたしには理解できない」

柴三郎は心もち語調を強めて言った。半ば挑発するように響いたかもしれない。

「ドクトル北里。破傷風菌はフリュッゲの指摘するように、特殊な菌だ。それに異論はないな」

ベーリングが座を代表するかたちで聞いた。後年、第一回のノーベル賞医学生理学賞を受賞した人物である。

「それはありません」

柴三郎は答えた。

「それなら、何を根拠にフリュッゲの論文を否定するのかね」

「根拠は……、いまはない」

柴三郎は苦しそうに言った。

座から低い笑いが洩れた。軽蔑とも、同情とも受けとれる笑いだった。

「フリュッゲが間違っている説を公言するとも思えないのだがね」

ベーリングが言った。穏やかだが、柴三郎の独断を許さない物言いだった。

「フリュッゲは確かに大家だ。だが、そこに落とし穴があるように思えてならない」

柴三郎は座を見回してから言葉を継いだ。

「破傷風菌は純粋培養できる細菌である。だが、その方法が見つかっていないだけだ」

「だから、その根拠をきいている」

ベーリングはいらだった調子で聞いた。

「それは、コッホの三要件は絶対ではないかと考えるからです。もし、純粋培養ができないという菌があれば、コッホ先生の学説に背反する菌がこの地上に存在することになる」

一同は静まり返った。

「わたしは先生の学説に背反する細菌はあり得ないと考える。破傷風菌は必ず、純粋培養できるはずだ」

柴三郎は宣言した。生来の負けず嫌いが出ていた。

それまで眼を閉じ黙って聞いていたコッホが椅子から背中を起こして問いかけた。

「北里くん、きみは本気のようだね」

「もちろんです、先生」

柴三郎は鋭い視線をコッホに返した。

「いや、失礼。きみを疑っているわけではない。むしろ逆だ。敬意を表したい。驚いている」

コッホは立ち上がった。

「正直にいおう。わたしもフリュッゲの説が正しいのではないかと思っていた。いや、囚われていた。いま、北里くんが指摘するまで……。やってみるかね」

「ええ、やってみます」

柴三郎の気持ちは決まっていた。

「もし……、もし北里くんが破傷風菌の純粋培養に成功したなら、これは細菌学界において最高の勲章に値するものである」

コッホは珍しく興奮して言い放った。

――翌日より、柴三郎は世界的な挑戦に身を置く立場になった。コッホから与えられていたコレラ関係の課題は終了していたから、時間的な余裕は生まれていた。また、留学の二年延期は決まっていたので、腰を落ち着け取り組めた。

柴三郎はまず、ベルリン陸軍衛戍《えいじゅ》病院に出かけ破傷風患者から新鮮な膿汁を採取した。この膿汁を実験動物に接種して破傷風に罹らせた。そして、動物の病巣部分の培養を試みた。すると、太鼓の撥《ばち》のような形をした破傷風菌の芽胞《がほう》が他の菌と共棲して混在するのが確かめられた。何度ためしても、同じような結果だった。破傷風菌の芽胞は他の菌と混じり合って存在していた。フリュッゲの報告通りである。

普通に培養していては破傷風菌だけを取り出し純粋培養はできない。

――何か良い方法はないか……。

毎日、そのことだけを考えて生活していた。寝ても覚めても考え続けた。だが、何をためしても破傷風菌は他の菌と混在していた。やはり破傷風菌は共棲して初めて生きられ、単独では存在できないのか。

——フリュッゲの説が正しいのか。

だが柴三郎は、諦めきれずにまた実験室に籠もった。

破傷風菌の純粋培養は難航した。破傷風患者から新鮮な膿を入手してマウスに接種すると、定型的破傷風を起こして死んだ。

これは予定通りである。その接種局所の膿を顕微鏡で観察すると破傷風菌のほかに十五種の菌が混在していた。破傷風菌も存在するが、それ以外にも雑菌が生えているのである。肉汁で作った培養液を溜めた試験管の中で菌を増やすと雑菌も増えた。この雑菌を排除しなければ、研究は前に進まない。

柴三郎は一計を案じ、培養液をおさめた試験管を、八十度のお湯を溜めた水槽の中に漬けてみた。すると、雑菌が死滅した。だが、破傷風菌は生きている。破傷風菌は熱には強い菌だと分かった。さらに、時間を種々違えて試みてみると、四十五分から六十分で他の雑菌はすべて死滅した。破傷風菌は加熱処理した培養液のなかでも、太鼓の撥状を呈した芽胞《がほう》（植物のタネに相当）を生やしてしぶとく生きていた。

この加熱処理する方法で柴三郎は、いままで誰もできなかった、破傷風菌と混在する雑菌の排除を初めて可能にした。この発想は、これまでコッホから与えられたコレラ菌やチフス菌の培養器内での種々の実験や研究をこなすうちに培われた技能だった。コッホが柴三郎に課したテーマは破傷風菌の培養に活かされた。

雑菌が排除されたことで、ゲッチンゲン大学のフリュッゲ教授が唱えていた、破傷風菌は他の菌との共棲によってのみ初めて生きられるという説が否定された。

　次の問題は純粋培養できるか否かである。純粋培養して、動物に接種して破傷風が起きることを確認しなければ、コッホの要件は満たせない。

　だがこれは困難を極めた。雑菌は排除されたが、そのまま放置しておくと破傷風菌も死滅するのである。熱や乾燥といった条件をいくら変えても破傷風菌は死んでしまう。純粋培養できない。

　ここで柴三郎は行き詰まった。破傷風菌は純粋培養できない地球上、唯一の細菌かもしれない。そう思うしかなかった。

　ある日、柴三郎は研究所仲間のヘルターの下宿に招かれた。彼と親しくなった下宿の娘がドイツの家庭料理を作るという。

　実験最優先の柴三郎だったが、唯一の弱みといえば、食べ物だった。体格も良く、健康体の柴三郎は、人一倍、食欲旺盛だった。持ち場をはずせない実験のときは別にして、食事に誘われれば断らなかった。

　まだ森林太郎がベルリンに滞在していた頃、柴三郎は森と一緒にしばしば隈川宗雄の下宿に出かけたものである。柴三郎の目当ては、日本国内の動向や留学生の噂話ではなく、日本食だった。炊きたての飯が腹一杯食べられるのである。素封家出身の隈川には金銭的な余裕があって、ヨーロッパ産の米を入手して炊き出すのである。貧乏留学生には羨ましい存在だった。

森はよく美術館や獣苑《ティアガルテン》に出かけ、時折、柴三郎を誘っていた。森はベルリンの美に魅せられていた。

「わしは実験がある」

と柴三郎はほとんど断っていたが、隈川宗雄の〝食事会〟だけは同行した。

ヘルターの食事の誘いには、一も二もなく乗った。いつも同じ下宿の料理に飽きてもいたので楽しみに出かけた。

下宿に着くとすでに、良い匂いが部屋中に漂っていた。食卓には花柄のテーブルクロスがかけられ、一輪ざしにさりげなく紅いバラが飾られている。二十代半ばのベロニカという名の下宿の娘はエプロンをかけてキッチンに立っていた。柴三郎より背は高く金髪で目鼻立ちは整っている。

「家庭料理ですが、お気に召すかどうか」

ベロニカは気恥ずかしそうに言いながら、蒸し器のふたを開けた。湯気が立ちのぼった。

「難しい料理を出されても分かりません。家庭の料理が一番です」

そんなことを言いながら柴三郎は何気なくベロニカの手元を見つめた。

「何をしているのです？」

柴三郎は驚いて問いかけた。

驚いたのはむしろベロニカのほうだった。

「何って、見れば分かるでしょ。突き刺しているのよ」

蒸し器の中には透明のボールに入った黄色い半熟状の塊が湯気を上げていた。ベロニカは木串をその塊の中に刺し入れていた。

「突き刺しているのは分かります。何という料理ですか」

「Eierstich《アイアーシュティッヒ》」

「アイアーシュティッヒ……」

どこかで食べたかもしれないが、柴三郎は初めて聞く料理名だった。

アイアーシュティッヒは基本的なドイツの家庭料理である。卵と牛乳を混ぜて、塩とナツメグで味付けしたものを器に流し込んでから、二十分ほど蒸す。それを小さく角切りにしてブイヨンスープに入れて出すというごく簡単な料理だった。

ベロニカは卵の塊のなかから木串を抜き出すと、先端を触って確認していた。

「それは何をしているのです？」

「だって、奥は見えないでしょ、固まっているかどうか」

ベロニカは笑いながら、細く長い指に持った木串を塊のなかに何度も出し入れして見せた。

「それだ」

柴三郎は躍り上がった。

そして、ベロニカの手を取り、できた、できた、と叫んで飛び跳ねた。

「どうしました、ドクトル北里」

ヘルターが何事かと駆け寄ってきた。

気がふれたのではないかと心配したようだ。

「Prost!《プロースト》(乾杯!)」

柴三郎は叫んだ。叫ばずにいられなかった。

「何ができたのです、ドクトル北里」

ベロニカは理解できずに青い目をしきりにしばたたいて当惑していた。

「いまとりかかっている実験のヒントをつかんだのです」

「アイアーシュティッヒで?」

「そうなんです」

「よく分かりませんわ」

「専門的すぎて誰にも理解してもらえないと思います。それよりこの料理で日本を思い出しました。日本にも同じような料理があります」

「あら、なんという料理ですの」

ベロニカは半熟様の塊の中に串を刺しながら聞いた。

「茶碗蒸しという料理です。出汁《だし》で卵をかき混ぜ、日本風の具を入れて蒸し、スプーンですくって食べます」

「そのまま食べるのですね。アイアーシュティッヒの場合はスープに入れて食べます」

言いながらベロニカは蒸し終わった塊をまな板の上に置いて、賽《さい》の目状に切り始めた。豆腐を切る要領である。それを温めたコンソメスープのなかに入れた。

「出来上がりです」

悪戯そうにベロニカは笑った。あまり簡単な料理なので気がひけたようだった。

テーブルの上に、ジャガイモの塩茹でや豚肉包み焼のロラーデン、キャベツを酢漬けにしたザウアークラウトといった家庭料理が並べられた。柴三郎はこうした料理をドイツパンとともに口にした。歯ごたえのあるパンは噛み甲斐があった。ヘルターとベロニカの二人は料理よりも、グラスを傾けしきりにワインを飲んでいたが、柴三郎は一口でやめていた。

「あら、どうぞ遠慮なく」

飲まない柴三郎にベロニカはワインボトルを差し出した。

「ラインの辛口ですのよ」

「いえ、ワインはこのあとの実験にさしつかえますから」

「あらそうなのですか」

ベロニカは残念そうだった。

「料理のほうをいただきます」

柴三郎はロラーデンにナイフを入れた。肉片を口にしたものの実験のことが気になって味もよく分からなかった。

――培地の奥に破傷風菌を刺したらどうなるだろうか？

破傷風患者の病巣は例外なく体の奥のほうである。釘を突き刺した足の裏、鎌の先で切った股、ナイフの刺さった腕など、傷は奥にあった。だが、体の表面の傷は化膿するものの、破傷風には罹らない。

――培地の奥なら発育するかもしれない。

培養液をゼラチンや寒天で固めて作った培地の奥だからこそ発育する可能性がある。もしかすると、破傷風菌は酸素を嫌う菌なのかもしれない。破傷風菌を付着させた白金耳を培地の奥深くに刺したらどうなるか。もし酸素を嫌う菌なら、奥のほうで増殖し集落を形成するだろう。これで酸素との関係が明らかになる。しかし、その場合、ゼラチン培地の奥のほうはよく見えないから充分に観察できない。酸素を嫌う菌であることをどう証明したらいいのか……。

疑問や仮説が次々と湧いて出た。すぐにでも、研究所に出向いて実験してみたかった。

柴三郎は気もそぞろで、ナイフやフォークも止まりがちだった。

「ドクトル北里は実験のことで頭がいっぱいのようだ」

ヘルターはワインを飲み干し、笑いながら言った。

「あ、いや、美味しい料理です」

柴三郎は再び食べ始めた。やはり味は上の空だった。

やがて、食事が一段落した。

「わたしはこれで失礼します」

柴三郎はナプキンで口をふきながら立ち上がった。

「あら、いまパイを焼いていますのに」

ベロニカは驚くばかりだった。

「いえ、わたしはもう満腹です」

礼を告げ、柴三郎は早々に下宿をあとにした。招待された手前、気がひける気持ちが湧いていたが、実験のほうが先だった。そのまま、研究所に向かい、すぐに実験に取りかかった。

その日から数カ月の間、柴三郎は昼夜の別なく、これまで以上に実験に明け暮れた。

柴三郎は自らたてた種々の仮説を次々に検分していった。尖った白金耳の先端に破傷風菌を付着させて培地の奥深くに穿刺《せんし》すると、その深部で菌は発育した。破傷風菌は培地の表面ではなく、内部で増殖するのが分かった。この性質により、破傷風菌は空気を嫌う菌、つまり嫌気《けんき》性菌だと判明した。

新発見だった。

問題はこの発見をどう証明するかである。培地の奥深くのことは容易に見えないし、また、詳しく観察できない。見やすい場所で菌を発育させられないか。穿刺培養はつまるところ、空気のないところでの培養だった。

——人為的に空気をなくせばいい。

無酸素に近い状態を人為的に作って、その環境のなかで破傷風菌を培養すれば穿刺培養と同じ条件となり、菌は発育する。では、その無酸素状態の環境をどう作るかである。ガラス容器内を他の気体で満たし、空気をなくせばいい。炭酸ガスで何度となく実験したが、これは失敗だった。たどり着いたのは、水素である。水素をガラス容器内に大量に満たせば、酸素は追いやられ無酸素状態に近くなった。柴三郎のめざす設定が得られたのである。

柴三郎には独自の研究テーマがあった。

破傷風菌の純粋培養と並行して、気腫疽菌《きしゅそきん》（鳴疽菌《めいそきん》）と呼ばれる細菌の研究を続けていた。牛や羊が感染する流行病で、病巣から生じた毒素が体内をめぐり動物を死に至らしめる。破傷風と同じように、土壌から自然感染する病気だったが、人間には染らない。

この気腫疽菌の流行地では炭疽《たんそ》病も流行した。炭疽病は炭疽菌を原因とする家畜の伝染病で、皮膚や気道から人間にも伝染して、膿瘍《のうよう》や肺炎を起こす。その毒素が全身にまわって敗血症となり死に至る病気である。この炭疽病と気腫疽菌の二つの病気は症状が似ているので見分けがつかないほどだった。柴三郎は興味を示して一人で研究を進めていたのである。

二つの菌にはかなりの違いがあった。病気になったときの症状は似ているが菌の性格が違う。炭疽菌は空気中で発育するものの、気腫疽菌は空気を嫌う性質があった。この空気を嫌う点は破傷風菌と実によく似ていた。

「もしかすると、破傷風菌は気腫疽菌と同じ性質ではないか」

と柴三郎は考えたのである。気腫疽菌で抱いた発想を破傷風菌に応用しようと思った。

亜鉛に硫酸を混ぜると水素ガスが発生する。しかし、その際、水素ガスが、ある濃度の酸素と結びつくと爆発する。この爆発的反応で水ができる。気腫疽菌の実験の最中、柴三郎は水素ガスを発生させるため、三回の爆発事故を経験して大怪我を負っている。気腫疽菌のついたガラスが刺さって菌におかされたが、気腫疽菌は人間には染らないので、発病はしなかった。もし、破傷風菌の実験でいきなり水素ガスを使ったなら命は危なかった。破傷風菌の付着したガラスが飛び散って皮膚に突き刺さったはずだ。体内で菌は増殖して、治療法もなく柴三郎は命を落としていたに違いない。幸運だった。

今日、破傷風菌も気腫疽菌も、空気を嫌う菌、つまり嫌気性菌と判明している。柴三郎が破傷風菌の純粋培養を世界で初めて可能にしたのは、気腫疽菌への好奇心によるものだった。

それにしても、嫌気性菌の実験は危険極まりなかった。柴三郎の報告書には、検証のための実験を行なう場合、水素ガスを発生させるときは爆発させないよう注意を促している。

柴三郎は寝食を忘れた一年にわたる研究の後、破傷風菌の純粋培養を成功させた。そして、顕微鏡標本と動物試験の実験結果を持ってコッホに報告した。

「北里くん、きみは世界で誰も成し得なかったことを可能にした。すぐ、論文にしたまえ」

コッホは門下生の成功を喜ぶとともに、教育者としての配慮を忘れなかった。

柴三郎は破傷風菌の研究業績を「独逸医事週報」とコッホの主宰する衛生研究所の業報機関である「衛生及伝染病彙報《いほう》」に次のように発表した。

一、破傷風は一種特異の細菌がその原因となって発する所の伝染病である。

二、人及び動物に発する破傷風の原因は同一種の細菌で嫌気性細菌に属するものである。

三、破傷風菌は人及び動物の破傷風創面の膿中にあって、すでに芽胞を有し、あるいは、芽胞なくただ細菌のみのことがある。殊に、創傷面が新しく未だ充分化膿しない時に於いて然り。

四、破傷風に罹った人及び動物の創傷面より破傷風菌を純粋に培養し、之を動物に接種すれば破傷風を発す。
五、破傷風の病原については従来、諸説一定せず、殊にこの細菌の形状に異説ある所以《ゆえん》は、一に破傷風に罹った患者及び動物の創傷を検査する時期の新旧によるもので、時期早ければ芽胞を形成することははなはだ稀である。破傷風菌は破傷風患者の創面の膿中に常に存在して決して之を欠くことはない。故に、破傷風創膿より破傷風菌を必ず培養し得るものである。
一八八九年（明治二十二年）四月二十七日に開かれた第十八回ドイツ外科学会で「破傷風の病原体について」と題して論文と同じ内容を講演し、世界に破傷風菌の純粋培養を伝えた。

柴三郎は破傷風菌の純粋培養装置を前にして記念撮影している。実験台には、柴三郎の考案した、ガラス器やガラス管、亀の子シャーレ、ビーカーなどから成る水素ガス発生装置、その他に、巨大なガラス製の容器が積み上げられている。柴三郎は背広にネクタイを結んで正装し、左手にゴム管につながったフラスコを持って真剣なまなざしを向けている。

ベルリン大学衛生研究所でのこの写真は、現在も残っていて、北里柴三郎の足跡をたどる記念の一枚となっている。


柴三郎は破傷風菌の純粋培養の成果を日本の医学専門誌にも公表した。

『破傷風病毒菌及其「デモンスタラチオン」（第十八回独逸外科学大集会ニ於テ　一八八九年四月二十七日）』と題し、「東京醫事新誌・第五八九号」に発表したのだった。

論文は「諸君、千八百八十四年ニ於テ、カレル及ラツトネノ両氏ハ、破傷風病者ノ傷面ヨリ膿ヲ取リ、之ヲ家兎ニ接種セシニ、其家兎ハ破傷風ノ症状ヲ発セリ」で始まっている。

以下、柴三郎は自らの実験過程を順を追って明らかにしている。他の細菌学者が検証しようと思えば、追認実験できるよう詳しく書き込んでいる。専門家の評価に堪える内容だった。だが、この論文の最後の部分は謎めいた表現で終わっている。

「余ハ今マ此試験ニ従事セリ」

〝此試験〟とは、未だ世界に類を見ない治療法を予見しての意思表示だった。

柴三郎は破傷風菌の純粋培養を可能にする過程で、これまでの細菌学の研究では説明できない不思議な現象に出会っている。

当然ながら、柴三郎は破傷風菌で動物実験を行なった。菌を動物の体に接種した場合、接種した部位の近辺で破傷風の症状が出た。そして、その部位の局所から、次第に全身に蔓延していった。たとえば、実験動物の下体部に菌を接種すれば、まず後肢に強直痙攣を発症したし、また、項部に接種すれば項筋が第一に侵された。

柴三郎はこの動物を解剖して観察した。すると、菌の接種部は充血しているものの、化膿はしていなかった。その接種部位を採取して顕微鏡で検査してみた。不思議なことに、いくら徹底して検査しても、破傷風菌はなく、また、芽胞も見当たらない。さらに、脊髄や神経、筋肉、肝臓、肺臓なども検査するが、ここにも破傷風菌や芽胞はない。

そこで、柴三郎は、この脊髄や筋肉などを、他の動物に接種してみた。ところが、動物は破傷風には罹らず、また、培養基に植えても破傷風菌を発生することはなかった。

純粋培養した破傷風菌を動物に接種すると、動物は必ず破傷風症状をきたす。ところが、その動物の体内では速やかに破傷風菌が消失しているのである。

――これはどう説明したらよいのか。

柴三郎は細菌学的な疑問を覚えた。

破傷風菌が増殖するときに人に害を与えるのか。それとも、菌の出した毒素が人を病気に陥らせるのか。

ブリーゲルという学者は、破傷風菌が動物体内で消失する前に、化学的毒物「トキシアルブミン」を産生して破傷風を起こすと実験結果を発表した。

しかし柴三郎は、その発想自体は評価するものの、実験の過程に不備を感じた。そして、自ら実験に乗り出した。

柴三郎はまず、破傷風菌を純粋培養した培養液から、菌と芽胞を取り除く装置が必要と考えた。そのために、独自に濾過器を開発した。フラスコやゴム管、吸引瓶などから成る「北里式細菌濾過装置」だった。吸引装置を応用した簡単な濾過器ながら、菌と芽胞は確実に濾過できた。この装置で二回、濾過して完璧を期して実験に臨んだ。

柴三郎は濾過器によって破傷風の菌と芽胞が取り除かれた濾過液を、ラットの皮下に注射しようと考えた。その場合、極微量の注射をしなければならない。従来は助手にラットを持たせたり、片手で持って注射していた。これでは手元が定まらず、また、注射液が洩れ、極微量の注射には適さなかった。そこで柴三郎は書見台のような板の上で、仰向きにしたラットをバネを利用して頭と尻尾で固定する、「北里式鼠固定器」を自ら考案した。

この固定器を使ってラットの動きを止めた上で、濾過液をラットの皮下に注射した。すると、ラットは破傷風菌を注射したときと同じように破傷風の症状を呈した。

柴三郎が予想した通りだった。

——破傷風は菌の産生する毒素によって発病する。

完璧に菌を濾過した培養液からでも破傷風に罹るので、毒素の存在は明らかになった。ここで柴三郎は一気に破傷風の治療法について研究を進めた。

毒素をどう考えるかである。柴三郎はコカインの毒素を思い描いた。コカインはコカの葉に含まれるアルカロイドで麻薬として扱われている。コカインを大量摂取すると、知覚麻痺、頭痛、眩暈、呼吸困難、意識障害などの症状を呈し、場合によっては昏睡状態から死に至る。ところが、このコカインを少量ずつ繰り返し用い、漸次に増量していくと、慣れによってかなりの量を飲んでも中毒を起こさないようになる。

柴三郎は細菌の場合でも同じような現象が起きるのではないかと想像した。毒素という点では、コカインも破傷風も共通している。

——破傷風の毒素を薄めてみよう。

柴三郎は破傷風の毒素を取って、千倍、万倍、さらに、数万倍と稀釈した。この薄めた液をラットや他の動物に、種々の割合で注射した。そして、それぞれの致死量を調べた。さらに、この致死量をさらに薄めた種々の量を動物に注射し、何の症状も起こさない量を調べた。次に、その何の症状も起こさない量を注射した動物に、漸次、毒素の量を増やしつつ反復して注射していった。この後で、その動物に致死量、又はそれ以上の毒素を一時に注射した。しかし、何ら症状を起こさなかった。この現象に柴三郎は注目した。

そして、毒素に慣れた動物では致死量を投与しても無毒化してしまう何かがあるのではないかと柴三郎は考えた。

――それは一体何か……。

柴三郎はさらに研究に打ち込んだ。

伝染病にも種々のタイプがある。一度罹って治ると再び同じ伝染病にはかからないタイプがある。一方で、伝染すると何度でも発病する伝染病もある。淋病がこのタイプである。ある伝染病に一度罹って治ると生涯、再び同じ伝染病には罹らない場合を「免疫」という。柴三郎がベルリンに留学していた当時、十九世紀の後半――、免疫という概念は既にあった。「疫病から免れる」という意味である。

象徴的な例は、一七九六年（寛政八年）にイギリス人外科医、エドワード・ジェンナーが発見した種痘法である。ジェンナーが牛の乳搾りをする者から、牛痘に罹った者は天然痘（疱瘡）に罹らないという言葉を聞いたのが種痘の契機だった。牛痘を人工的に人に接種して天然痘に対して免疫を得ることに成功した。天然痘は疱瘡ウイルスがヒトからヒトに感染して発症する。一週間程度の潜伏期を経て、高熱を発し、解熱とともに紅斑《こうはん》が顔から全身に及ぶ。この発疹《はっしん》は、丘疹、水疱、膿疱と次第に症状が進行し、死亡しなければ最後に乾燥して痂皮《かひ》（かさぶた）が落下し、皮膚に瘢痕《はんこん》を残す。こうした過程で、再び高熱をきたして重体に陥り、二、三割が死亡する。伝染力は強力で、今日でも罹ったら治療法はなく、対症療法と輸血の管理で凌ぐしかない。

しかし、種痘《しゅとう》という予防手段により免疫を得て、人類はこの業病から解放されたのである。コレラやペスト、結核と並んで、人類を苦しめ続けた天然痘という病気から安全地帯に抜け出る手段を得たのだった。

この天然痘は一九七九年（昭和五十四年）十月、ＷＨＯ（世界保健機関）によって世界に向けて根絶が宣言された。この地球上に一人の天然痘患者もいなくなった。

ところで、この業病が生物兵器として使用された歴史がある。アメリカ大陸での出来事だった。アメリカ移住民族は先住民に天然痘ウイルスの付着した衣服を与えて感染させ、大量殺戮を実行した。アメリカ先住民は最強の伝染力を持つ感染症にたおれ、人口減をきたし民族の存続を危うくした。種痘による免疫など知らない先住民は移住民族に〝神〟を見たという。

閑話休題――、今日、この地球上から天然痘は根絶され、人類は業病から解放されている。日本では、生後二カ月から十二カ月のあいだ、就学前六カ月以内、小学校卒業前六カ月以内の三回、種痘を定期接種していた。しかし、ＷＨＯの根絶宣言を受けて、昭和五十五年八月に完全に種痘を廃止している。以来、種痘に対する処女人口は増え続けている。

現在、天然痘ウイルス自体はアメリカとロシアの研究所に凍結保存されている。この保存ウイルスを、一九九九年六月末までに高圧滅菌器で破壊して廃棄する計画がWHOで決議されていた。だが、「研究用に必要」「治療薬の開発のため」などと称して、二十一世紀を迎えても未だに保存され続けている。この保存されている天然痘ウイルスがいつ生物兵器に使用されるとも限らない。人類を業病から解放したジェンナーといえども、ヒトの悪魔的闘争心を治すには至らなかった。

伝染病にまつわる話のなかには、予防や治療の歴史以外に、こうした忌まわしい一面があるのである。

柴三郎は、破傷風の毒素に慣れた動物では致死量を投与しても無毒化してしまう現象に着目し、その本体について研究を進めた。従来なら、この現象は慣れと解釈されたはずである。が、柴三郎は違うのではないかと考えた。単なる慣れではない。何かがどこかに存在するはずであると仮説をたてた。

――血液のなかにあるのではないか……。

その想像の下、柴三郎は動物実験を繰り返した。やがて、破傷風の毒素で免疫された動物の血清（血液の上澄み部分で、血球と線維素原を除いたもの）に注目した。

この血清を毒素と一緒に動物の体内に注射したところ、何ら症状を起こさないことを確認した。何度、実験しても同じ結果が得られた。柴三郎は意を強くして実験を進めた。そして、今度は試験管内で血清と毒素を混ぜ合わせて動物の体内に注射してみた。だが、動物は発病しなかった。

　こうした実験により、破傷風免疫動物の血清のなかには、破傷風の毒素に対抗してこれを無害にする物質があることが確かめられた。

物質である。慣れではない。これは新発見だった。破傷風の純粋培養に成功してから一年以上を経過していた。

　柴三郎は後にこの物質に「抗毒素《こうどくそ》」と名付けている。今日でいう、抗原抗体反応の「抗体」にあたる。歴史的にみれば、柴三郎は世界初の抗体の発見者である。

　柴三郎はこの抗毒素の実験結果をまとめてコッホに報告した。コッホはその成果にただ驚くばかりだった。報告書は免疫血清療法の基礎を呈示し、将来性のある有力な治療法を展望させていた。

「これはたいへんな発見だよ、北里くん。ベーリングとともに、この実験を続けたまえ」

　コッホは指示した。

　ベーリングは当時、ジフテリアを研究していた医学者だった。

　エミール・フォン・ベーリング（一八五四～一九一七年）は西プロイセンのハンスドルフに生まれ、フリードリッヒ・ヴィルヘルム外科学研究所で医学を学んだ。ベルリン軍医学校で研究中、一八八九年、コッホの衛生研究所に助手として呼ばれた。頭の回転の速い、眼光は鋭く、額の広い、見るからに俊才《しゅんさい》だった。以来、細菌学の研究に携わった。柴三郎より三年遅れて、コッホの門下生となった人物だった。

柴三郎は数あるコッホの助手のなかでも、有機化学に詳しいベーリングには一目置いていた。

――デキる男だ……。

コッホの指示にもとづき柴三郎は、ベーリングとともに抗毒素の研究をさらに押し進めた。当時、ベーリングはジフテリアの病態や予防法を研究していた。またそれ以前から、ヨードホルムの化膿菌に対する作用も研究していた。

この時代、ドイツでは年間約七万人の子どもがジフテリアで死亡していた。死亡率は五割を超え、子を持つ親にとって恐怖の対象だった。

ジフテリアは保菌者からの飛沫によって感染する流行病である。初期症状は風邪と変わりがない。多くは咽頭に炎症を起こし、やがて嗄声《させい》（しわがれ声）、犬吠性咳嗽《けんばいせいがいそう》（犬の鳴き声のような咳）、呼吸困難などをきたす。また、ジフテリア菌の産生する毒素で神経麻痺や心筋炎を引き起こす。急死する場合も珍しくない。毒素が患者を苦しめる点では、破傷風と同じだった。苦痛を軽減する方法はなく、呼吸困難に陥った子どもへの治療法は気管切開で凌いだ。治癒の可能性は子どもの体力と僥倖《ぎょうこう》に頼るしかなかった。

このジフテリアに対して、柴三郎が発見した破傷風の抗毒素の研究を当てはめ、応用するというのが、コッホの指示であり、研究の主眼だった。

二人の研究は、免疫血清療法の夜明けを告げる、画期的な研究成果となって公表された。

一八九〇年（明治二十三年）十二月四日、ベーリング・北里共著論文を『ドイツ医事週報』

に、「動物に於けるジフテリア免疫と破傷風免疫の成立について」（Über das Zustandekommen der Diphtherie Immunitat und des Tetanus Immunitat bei Thieren.）と題して発表した。ドイツ語による二ページの論文だった。

冒頭は次のように始まる。

「われわれは長い間、研究と同時に治療と免疫の問題について深く考え、ジフテリアや破傷風に罹っている動物を治すだけではなく、健康動物がこれらの病気で死なないように処置することも可能になった」

論文は研究内容の紆余曲折についてふれる。

もともとジフテリアに免疫性のあるラットや、免疫性のないモルモットを免疫性にしたものについて研究した。ところが、これらの動物の免疫性について種々の学説を検証したものの、これまでの原理では説明できなかった。

「色々と無駄な努力を重ねた後、ジフテリアに対する不感受性はジフテリア免疫動物の血液のジフテリア毒素破壊作用に求むべきことが明らかになった。そうして、ジフテリアで得た経験を破傷風に応用することによって初めて、われわれが知る限り、これ以上の証明力を求めることができない程の成績に到達したのである」

そして、最後は「われわれの実験の結果は『血液はまったく特殊な液体である』という言葉を強く想い起こさせる」で締めくくられている。

世界に向け血清療法発見を告げる論文だった。伝染病に対する原因療法が一つもない時代に治療指針を提示したのである。

この論文内容の核心というべき動物実験のデータは実は、柴三郎の破傷風の実験成績しか載せられていない。ジフテリアの実験データは書かれていなかった。柴三郎の破傷風免疫の研究に終始していたのである。ベーリングがジフテリア免疫について動物実験のデータを発表したのは、『ドイツ医事週報』の翌週号だった。

後年、ベーリングはこのジフテリアの研究「血清療法の研究、特にジフテリアに対する応用」が評価され、一九〇一年（明治三十四年）に創設された第一回のノーベル医学・生理学賞を受賞した。

ところで、ベーリングがノーベル賞を受賞して、なぜ北里柴三郎が受賞しなかったのか。

筆者は同時受賞が最も妥当と考えるが、結果的にはベーリング一人が受賞している。

破傷風免疫体（抗毒素＝抗体）の発見は柴三郎であるから、ノーベル賞が人類に貢献した原理発見者に与えられる賞なら、公平に見て、むしろ柴三郎に与えられてしかるべきだった。事実、柴三郎はノーベル賞の候補にはあがっていたが、受賞しなかった。

これにはいくつかの理由が考えられる。

まず、破傷風とジフテリアの病気の違いがある。破傷風菌は空気を嫌う菌なので、体表から深い部分の創傷の場合に増殖する。この増殖の際に毒素を産生して発病する。しかし、ヒトは深部の創傷をそうたびたび負う機会はない。また、たとえ、破傷風に罹ってもヒトからヒトへの伝播はない。

それにひきかえ、ジフテリアは患者や保菌者の咳やくしゃみで飛沫感染し、ヒトからヒトへ染る。一旦流行すると、大流行のおそれがあり、社会的恐怖を呼ぶ。その年の状況にもよるが、ジフテリアの患者数は破傷風の数百倍に及ぶ。また、ジフテリアのほとんどが子どもの患者で、破傷風に比べ、ジフテリアのほうが、悲惨で目立つ病気だった。

さらに、治療に用いられる抗毒素血清であるが、ジフテリアの場合、症状が顕著で初期症状で使われやすく、治療効果が顕著である。それにひきかえ、破傷風の場合は感染してから特有の症状が出るまでに時間がかかり、抗毒素血清を使っても顕著な効果を期待できないケースがしばしば見受けられた。

結果的に、北里柴三郎のほうが分の悪い病気を選んだようだった。また、ノーベル財団の体制が整っていなかった点も否めない。アルフレッド・ノーベルは一八九六年十二月に死去しているが、財産の処分に四年余を費やし、一九〇〇年に賞の定款が作られた。その翌年の一九〇一年にベーリングが第一回のノーベル賞を受賞している。創設早々で慌ただしく、選考に不備があったとも考えられる。

それよりも何よりも、有色人種に対する差別意識と極東の小国にすぎない日本への軽視が露呈したためだった。歴史の現実であり、時代の流れである。

アジア人で最初にノーベル賞を受賞したのは、一九一三年（大正二年）で、インドのタゴールの文学賞だった。なお、医学生理学賞部門でアジア人で最初に受賞したのは、一九八七年（昭和六十二年）の利根川進だった。

後年、マールブルグ大学の教授となったベーリングの下に、柴三郎の最高弟、北島多一が留学し、結核の免疫治療の研究に従っている。

ともあれ、ベーリング・北里共著論文、「動物に於けるジフテリア免疫と破傷風免疫の成立について」は、細菌学の世界に革命的な夜明けを告げたのだった。

六

一八九〇年（明治二十三年）八月、ベルリンは突如、蜂の巣をつついたような騒ぎに包まれた。コッホが結核の治療薬の展望を発表したのである。当時、地球上で死者の七人に一人が結核で死亡していたから、この業病の治療薬を全世界が渇望していた。それをほかでもない、結核菌の発見者であるコッホが発表したのである。ベルリンから発信されたニュースは、世界中を揺るがした。

この八月、ベルリンで第十回万国医学会が開かれた。会場はレンツ曲馬場が使われ、五日間の会期中に七千余人が参加した。会長はドイツ医学会の重鎮、病理学者のフィルヒョウだった。

日本からもこの医学会に宇野朗《うのほがら》（一八五〇〜一九二八年。東京大学医学部教授。後に、医科大学附属院長、第一外科教授）、岡玄卿《おかげんきょう》（一八五二〜一九二五年。東京大学医学部助教授。後に、明治天皇侍医。宮中顧問官）など三十余名が参加した。柴三郎は大日本私立衛生会代表の資格で出席した。

学会の目玉は、コッホとリスターの特別講演だった。ジョゼフ・リスターはイギリス人外科医で世界で初めて無菌的手術を行ない、その名を知られていた。近代外科学の父といわれるリスターの演題は「防腐的外科の現在の位置」だった。その講演に続いてコッホが演壇に登った。

コッホの演題は「細菌学の研究について」である。さりげない題目で、講演内容も初めは細菌学の基礎や現況について述べるにとどまっていた。ところが、最後の部分で、センセーションを巻き起こす言葉がコッホの口をついて出た。

「結核の治療について、有効な物質を発見し、目下実験中である」

会場は息を殺して静まりかえった。

コッホは言葉を継いだ。

「しかしながら、この新薬はまだ自ら満足できる試験を経ていないので、名前は付けていない」

そして、コッホは壇を降りたのである。

新薬の発表は大ニュースとしてまたたく間に全世界に報じられた。

「北里くん、こんな騒ぎになるとは思わなかったよ」

コッホは衛生研究所の教室から下の通りを覗きながら言った。蒸し暑い日ながら、窓を閉め切っていた。

「先生への期待が大きいからでしょう」

柴三郎もこの反響にはただ驚くしかなかった。

研究所の建つベルリン、クロスター街には大勢の人々が詰めかけ、身動きできないほどだった。世界中から、ジャーナリストをはじめ、医者、患者、患者家族が押し寄せ建物を取り囲んだのである。新薬に最後の望みを託す患者は担架の上から必死に叫んだ。建物の入口では終日、守衛と治療を求める者とで、押し問答が続いた。

やがて、この新薬はコッホによって、ツベルクリンと名付けられた。ツベルクリン療法という、結核に対する新しい治療法の出現だった。製法が伏せられた治療薬は、神秘性とコッホの威光が加味され、日増しに関心と期待は高まっていった。

〝魔法の液体〟で治療を願う結核患者は列車を乗り継いでクロスター街に押しかけた。混乱に拍車がかかって、柴三郎たちも自由に研究所に出入りできなくなった。

コッホはツベルクリン療法について、モルモットによる動物実験をすでに柴三郎に命じていた。柴三郎はこの画期的研究の基礎データ作りに参加していたのである。

「北里くん、この騒ぎはいつまで続くかね」

コッホは恨めしそうに窓の下を見やった。

「静かな環境が欲しいよ」

諦めたように呟くと自室に戻って行った。

柴三郎はただ黙って見送った。

――なぜ急いだのだろう。

柴三郎は動物実験に参加した一人として、コッホが新薬を発表した意図が少しばかり解せない部分があった。演壇で口が滑ったとは思えない。それほど軽率な医学者ではない。発表は拙速に過ぎたきらいがあり、もう少し待ってからでもよかったのではないかと思えていた。が、騒動の真っ最中ではそれを恩師のコッホには問い質せない。沈静化してから聞くしかなかった。

コッホは〝魔法の液体〟の正体を世間になかなか明かさなかった。ただでさえ注目されている新薬なので、憶測や中傷が飛んだ。嫉妬や悪意から、コッホを山師扱いする者まで現れた。

十九世紀最大のニュースともいわれるコッホの結核に対する新治療法に、日本政府、医学関係者も注目した。そのコッホの身近で柴三郎は研鑽を積んでいたのである。日本政府の柴三郎への期待も高まった。

コッホのツベルクリン療法の発表は柴三郎の身の上にも影響を及ぼしたのである。

ベルリンに〝魔法の液体〟を求めて数千人の結核患者が集まってきた。コッホと親しい臨床医は、可能な限り患者たちの要望に応えようと思案した。そして、シャリテ病院をはじめ、市内の主だった病院でツベルクリンを臨床に応用した。

これまでの動物実験とヒトへの基礎試験を経るうち、ヒトに使用した場合、反応を起こすツベルクリンの最少量は〇・〇一ccであると分かってきた。この微量を皮内注射するとツベルクリン特有の局部的あるいは、全身的な反応が現れた。しかし、数時間後にはおさまり、以後、繰り返し注射することで治療効果が高まった。一度だけの注射で結核の症状が消えた患者もいた。ところが、一方で、症状が悪化して、呼吸困難や意識不明に陥る者も出た。

好評と悪評が交錯した。

ツベルクリンの効果はコッホにとっても、まだ掌握しきれていなかった。正体不明の部分が多すぎた。そこで、コッホはツベルクリンの効果を自らの体でためそうと考えた。確証のない新薬を世に送り出すのは、医学者の良心に悖《もと》る。

「わたしはモルモットになる」

コッホは門下生たちに宣言した。

最少量の二十五倍量にあたる、〇・二五ccを腕に注射するという。この投与量の反応をみれば危険性や弊害の有無も確かめられる。人体実験だった。

これには、柴三郎はじめ、コッホの門下生は心配した。いくら自ら開発した薬とはいえ、安全性は何ら保証されていない。それも使用量の二、三倍ならともかく、いきなり二十五倍量は常軌を逸していた。

「先生、もう少し初期の臨床試験を積んでから実行されたらいかがですか」

柴三郎は控えめながら助言した。動物実験に深く関与していたので危険性も認識していた。

「何、大丈夫だ。北里くん」

コッホは微笑して取り合わない。他の門下生も止めたがコッホは意に介さなかった。コッホの信念は固く、準備を整え、ベッドの上で〇・二五ccのツベルクリンを注射器に吸いあげた。そして自ら上膊部《じょうはく》に注射した。

コッホは静かに身を横たえた。

柴三郎はベッドのかたわらに控えコッホを注視していた。

一時間……、二時間、何事もなく経過した。しかし、三時間ほど経過して、急に倦怠感や関節の痛みを訴え、同時に咳も出始めた。それから五時間を過ぎて、呼吸困難の症状に陥った。コッホは低く呻き続けた。ベッドに起き上がっても横になっても苦しさは変わらないらしく、額からは冷や汗が流れていた。

柴三郎は居ても立ってもいられず、ただコッホの手を握りしめ、名前を呼ぶしかなかった。

「先生」

コッホの掌は汗ばみ、震えがきていた。

さらに二時間ほど経過すると、コッホは激しい悪寒の発作にみまわれ、同時に嘔吐した。体温は三十九度六分に達していた。コッホの意識はほとんど失われかけていた。

――危ない。

と思ったのは柴三郎だけではなかった。門下生たちも色めき立った。急遽、医者が数人呼ばれた。

「先生……」

柴三郎はコッホの手を握りながら、無事を祈り胸の中で手を合わせていた。あれほど元気だった先生がこの世からいなくなってしまうかと思うと涙があふれてきた。

高熱と意識障害はおさまらず、門下生たちは師の回復を諦め、死を想定した。生命の危ない状態はそれからも数時間続いた。柴三郎は一時《いっとき》もそばを離れなかった。

この危ない状態が半日ほど経過して後、苦痛に歪んでいたコッホの表情がわずかに穏やかになった。さらに、頬に赤みがさし、体温も下がってくる。

「先生、コッホ先生」

柴三郎が名前を呼ぶとかすれた声で返答し、手を握りかえしてきた。

それからは時間の経過とともに体力は次第に回復し、ベッドに起き上がれるようになった。体調も急速に回復し、歩行も可能になってきた。翌日には体温も正常値に戻り、注射以来みまわれていた、疲労感や注射箇所の赤味も三日目にはほぼ消えてきた。

コッホは完全に健康を回復したのである。この体験でツベルクリンの安全性に自信を深めた。

「北里くん、ツベルクリンは有望だよ」

コッホは、漠としながらも、ツベルクリン療法の展望や使用法をつかみ始めていた。さらに臨床試験を積み重ね、論文にまとめて発表した。

そのなかでコッホは、ツベルクリンの〇・〇一ccの注射で健康者と非結核患者においては何ら反応しないが、結核患者ではツベルクリン特有の症状と局所反応が起こると指摘した。また、ツベルクリンは培養器内でも、病的組織内でも、結核菌には何ら効果は及ぼさないとも述べた。ツベルクリンは生きている結核組織にのみ影響を与えるので、治療にあたっては、経過をみながら反覆してツベルクリンを使用するよう助言している。

柴三郎はコッホ自身による人体実験を間近にみて、また、その後の追加実験からツベルクリンの効果と安全性を信じた。ただ、発表を急いだ理由については疑問が残っていた。

ある日、実験室でコッホと二人きりになる機会があった。

「北里くん、研究は進んでいるかね」

コッホは柴三郎に語りかけた。いつもの優しい声音だったが、ツベルクリン騒動の疲労が顔に滲み出ていた。市当局や医者、報道機関との応対で休まるときがなかった。

「進んでいます、先生」

柴三郎は意識して明るく応じた。自分のことで心配や迷惑はかけられないと気をつかった。

「そうか、それはよかった」

嚙みしめるように呟いてから、

「わたしは疲れたよ、北里くん」

と椅子を引き寄せて座った。

柴三郎は何も言えず黙っていた。

「大学を辞めることにした」

コッホは独り言のように口にした。

「先生、本当ですか」

以前それとなく聞かされていたが、いよいよ現実のものになるようである。コッホが大学を離れたとき、自分はどう身を処したらいいか柴三郎は真剣に考えねばならない。

「ああ、辞める。大学というところは第一に教育の場だ」

研究に専念できないから、当局に頼んで解放してもらったのだとコッホは言った。

「一緒に来てもらえるね、北里くん」

コッホは柴三郎の眼の奥を見た。

「来る？　どういう意味です」

柴三郎もコッホを凝視した。

「新しい研究所を建てる。そこにきみも来てもらいたい」

「もちろんです」

間髪を入れず答えた。

「そうか、わたしも心強い。期待している。今度の研究所では、研究室はもっと広くなるし、設備も良くなる」

ここは古いからとコッホは天井を見渡した。煤けた漆喰はところどころはげ落ちていた。石組みが剝き出しの箇所もある。元工芸学校を転用した、もともと細菌学の実験にはなじまない建物だった。

柴三郎はその場でツベルクリンの発表をなぜ急いだかについて、よほど聞こうとしたが、聞けなかった。

それから一カ月程してコッホはベルリン大学の教授を辞任した。同時に発表されたコッホのための研究所はツベルクリン治療を管理する中央機関だった。ツベルクリン療法が実施できる病院を持つ臨床機関と、新しい薬剤が研究できる施設との、二部門から構成されていた。どちらもヨーロッパ最大の規模を持つシャリテ病院と連携するシステムだった。

数日ほど経って、柴三郎は門下生たちの話す噂を耳にした。だまっていても実験室の衝立の向こうから聞こえてきた。

「先生は皇帝から勲章をもらうらしい」

と一人が言う。

「どんな勲章だ」

もう一人が聞いた。

「赤鷲《せきしゅう》大十字章らしい」

「最高の栄誉で、これ以上はない」

「ツベルクリン発見を讃え皇帝手ずから先生に渡すという。この栄誉を受けた科学者は過去にアレキサンダー・フォン・フンボルトしかいない」

「皇帝手ずからとはたいへんな力の入れようだな」

「国威発揚だ。全世界に流したニュースを利用しない手はない」

「流した……」

「世界の目をプロシアに向けたかった。加えて、ベルリン市長も名誉市民権を与えると決めた。ビスマルク、モルトケ、シュリーマン以来だ」

二人はそこで話を止めて、実験に専念し始めた。

――そうか……。

柴三郎の疑問は晴れた。コッホが急いだのは皇帝サイドの国家的圧力によるものだったのである。とうてい一細菌学者が抗しきれる圧力ではなかったようだ。

コッホのツベルクリン療法の発表は日本国内でも注目の的だった。ニュースは電撃的に伝わり、政府はこの新療法をいち早く学びとって、日本の医療に活かしたいと熱望した。そこで文部省は東京大学と諮り、医学部関係者のベルリン派遣を急遽決めた。当時、たまたま欧州に滞在していた東京大学医学部教授の宇野朗と佐々木政吉、助教授の山極《やまぎわ》勝三郎の三名をコッホの下に特派した。

三名は柴三郎の紹介でコッホに会った。この頃、多忙を極めていたコッホは門下生の紹介なしに人には会わなかった。

「どういった用件でしょう」

コッホは訪ねてきた三人の医学者に聞いた。

「ツベルクリン療法について、その知見をご教授願いたく、日本政府より派遣されてきました」

宇野朗が代表して言った。

「わが日本においてもツベルクリン療法を実施したいと考えています」

佐々木政吉が続けて言った。

「なるほど。しかし、それはちょっとおかしな話ではないですか」

コッホは眉根を寄せた。

「おかしいとはどういう意味です」

首をかしげながら宇野朗は聞いた。

「わたしの下には日本政府内務省から北里がきている。それを御国は忘れているのか」

コッホは三人を眺めわたした。

三人は返す言葉を失った。

「それはそうかもしれませんが、われわれも国を代表してお願いに来ているわけで……」

宇野朗は苦しそうに言った。

「わたしはドクトル北里にツベルクリン療法の何であるかをすべて教えている。いや、共同研究している。であるから、御国の研究者はドクトル北里に教えを乞うてほしい」

コッホはそう言って、席を立った。

三人は何の成果もあげずに帰った。コッホの皮肉は柴三郎の与《あずか》り知らないところである。だが、プライドを傷つけられた東大教授たちは、北里に恨みを抱いた。この三人を門前払いした〝事件〟は後年、東大系と北里との確執に少なからず影を落とした。

「どうしてあんなことをいってくるのかね」

コッホは不快な様子で柴三郎に言った。

「わたしはきっと文部省から信用されていないからでしょう」

柴三郎は仕方なしにそんな風に答えながら、文部省にやり場のない怒りを覚えた。

ベルリン、いや世界は、コッホのツベルクリン療法の発表で震撼した。

このコッホの発表を聞いて、イギリスからいち早く興奮の坩堝《るつぼ》と化しているベルリンのクロスター街に駆けつけた人物がいる。

アーサー・コナン・ドイルだった。

名探偵シャーロック・ホームズの生みの親、作家のドイルは名門エディンバラ大学医学部出身の医者でもある。ツベルクリン療法に興味を示し、ドーバー海峡を越えてベルリンに駆けつけた最初のイギリス人医師だった。

このとき、三十一歳のドイルはツベルクリンに対し、シャーロック・ホームズ並みの〝推理〟を働かせて取材し、原稿も書いた。

これより前、ドイルはすでに、一八八七年（明治二十年）、『緋色《ひいろ》の研究』を書き上げ、名探偵ホームズとワトソンのコンビを登場させていた。文筆業を志向していたドイルは、筆を振るう場を模索していたので、ロンドンの一般誌 THE REVIEW OF REVIEWS（レビュー・オブ・レビューズ）にツベルクリン療法の取材をもちかけた。いわば、売り込んだのだが、これが受け入れられて、特派記者という形でベルリンに来たのだった。

ドイルはスポーツで鍛えた堂々とした体格の持ち主で、百八十センチの身長に、体重は百キロを超えていた。その昔、船医として捕鯨船に乗ったときも、この体力で北氷洋の荒波に耐えた。

ドイルはベルリンで精力的に取材した。そして、イギリスに帰国後、ベルリンでの取材と自らの感想、分析を交え原稿を書き上げた。そして、『レビュー・オブ・レビューズ』誌（一八九〇年十二月）に発表したのである。この号の雑誌は、コッホを十五ページにわたって特集した。このなかで、ドイルのレポートは〝DR. KOCH AND HIS CURE（ドクター・コッホと彼の治療）〟と題して八ページに及んだ。

冒頭は、「ベルリンにいるイギリス人もドイツ人も、現在はコッホの菌を観るほうが、その著名な発見者をひと目見るよりもとても簡単である」という皮肉を利かした文章で始まっている。

続いて、コッホの容姿や性格を記したあと、経歴について触れている。以下、ドイル自身によるベルリンでのレポートとコッホが専門誌に発表したツベルクリン療法論文の翻訳とが二つの柱だった。

ドイルはベルリンで得た情報と医者としての体験を踏まえ、推論をひきだしている。それを一言で言えば、ツベルクリンの診断薬としての可能性は認めるものの、結核の治療に用いる療法には懐疑的だった。むしろ否定的である。

レポートでは、コッホを〝THE RECLUSE OF KLOSTER STRASSE（クロスター街の隠遁者）〟と揶揄し、「後世の目はドイツ人の中でも最も高貴な人として、寡黙な研究者に目を見張るだろう」と皮肉に綴っている。

最後は、

「ドクター・コッホの治療法によってベルリンで治療を受けた患者は、十二月の終わりまでに七百から八百人にのぼると見積もられた」

という文章で締めくくられている。

世界を注目させたニュースに、各国記者が希望的な観測の記事を書くなかで、ひとりドイルだけは辛口だった。ツベルクリン療法に対し否定的な報告をした初めてのレポートといえた。

ところで、ドイルはこの後、取材活動を縮小し、もっぱら中世の騎士道を扱った歴史小説を執筆した。ドイル自身はシャーロック・ホームズのような探偵小説ではなく、歴史小説家をめざしていた。そのため、わざわざシャーロック・ホームズをスイスのライヘンバッハの滝壺に、極悪人、モリアーティ教授とともに転落させて亡きものにしている。だが、シャーロック・ホームズの復活を願うファンの強い要望に押され、十年後に復活させている。これは、ホームズが日本の格闘術〝バリツ〟を心得ていて、巧妙に難を逃れて滝壺には落ちていなかったという筋立てにしたものである。

今日、世界の誰もがドイルのシャーロック・ホームズの作品に親しめるのは、日本の格闘術〝バリツ〟のおかげである。

コナン・ドイルが去った後も、ベルリンは熱気に包まれていた。〝魔法の液体〟への関心と期待は高まるばかりである。だが、コッホはなかなかツベルクリンの本態を明らかにしなかった。不良品による悪用や誤用を恐れたからである。また、投機的な治療も心配した。

コッホがツベルクリンの製法を明かしたのは、療法を発表した翌年の一月に発行された医学専門誌だった。その内容は、結核菌を純粋培養したグリセリン抽出液、というものだった。

製法はまず、結核菌をグリセリン・ブイヨンに培養した後、七十〜百℃で約十分の一の量に濃縮する。この液を陶製の濾過器で濾過して、菌体と凝固蛋白を除いた液を原液とした。この原液を患者への使用に当たって稀釈して用いた。コッホが作ったツベルクリンも今日のツベルクリンも、その成分内容は基本的には変わらない。

七

ある日、柴三郎が実験室に籠もっていると、

「北里くん、先生の部屋にきみのお客さんがきている」

とヘルターが入ってきた。

「客？　誰ですか」

「それは分からないが、日本からのお客だ」

「日本から……」

一体誰だろうと思いながら柴三郎はコッホの部屋に向かった。日本から手紙の連絡もなく、訪問者の見当さえつかなかった。

所長室ではハイカラーに背広で正装している男が、コッホと向かい合い、背筋を伸ばしてソファに腰掛けていた。少し小太りの鼻眼鏡の男だった。

「おお、後藤」

後藤新平だった。柴三郎は近寄って握手を交わした。

「北里、元気そうで何よりだ」

二人は肩を叩き合った。

明治十八年十一月に柴三郎が留学の途について以来だった。かれこれ四年以上が経過している。

柴三郎は後藤より半年遅れて内務省衛生局に出仕した経緯がある。後藤の下につくと分かって「後藤などとは教養を異にするものでありますから、その下風に立ったりはできません」と公言したものだった。若気の至りで陰では、青二才、田舎医者と呼び合って二人はことごとく反目していた。

その犬猿の仲の二人がベルリンの一室で再会したのである。会った瞬間、二人は年来の親友のように再会を喜び合った。年月が二人を成長させていた。また、母国を遠く離れたドイツという場所が心を溶かしたのかもしれない。

「後藤くんは細菌学と衛生学一般を学んでみたいといっている」

コッホが二人の再会の様子を見守りながら言った。

「北里くん、指導してくれるかね」

「もちろんです、先生。後藤がよければ」

柴三郎はコッホと後藤を交互に見つめた。

「何をいう、北里。頼む」

後藤は頭を下げた。

この時期、後藤は長与専斎・衛生局長の下で信頼を得て、次期局長の有力候補に挙げられるまで実力をつけていた。以前から洋行を熱望していて、幸い留学を許された。だが、政府から調査費の名目で一時金千円が補助されて、あとは私費で過ごすという条件だった。この年——一八九〇年（明治二十三年）の四月からヨーロッパに来ていたが、コッホがツベルクリンを発表するやいなや北里の学んでいる研究所を訪ねたのである。

「わしのような者の指導でいいのか」

柴三郎は実験室に後藤を案内してから聞いた。

「またそれをいう。わたしは北里がいるからお願いしたいとコッホ先生に依頼したのだ」

「そうか。それならいいが」

変われば変わるものだ、と柴三郎は内心感心しながら後藤の横顔を眺めた。五年を経た後藤は衛生局時代のただ肩肘張った余裕のない若い官吏と違い、一種風格のある空気を漂わせていた。背広姿も板に付いている。

「北里の名は東京ばかりか、日本中に響いているぞ」

後藤は楽しそうだった。

「ほう、そうか」

「何だ、それだけか。張り合いがないな」

「では何といえばいい」

「当然だろう。おれは世界で最先端の研究実績をあげている、とか」

「まさか。そんなことはいえない。すべて、コッホ先生の下で学ばせてもらっているおかげだ。それに、留学費は国から出してもらっている」

これはあながち謙遜ばかりではなかった。

「いやいや、それくらいいって、自慢してもいいんだ。少しもおかしくない。おれも同じ職場、いや、同じ日本人として鼻が高い」

後藤は故意に胸を張ってみせた。

「分かった。その評価は有り難く頂戴しておく」

柴三郎は研究所の備品内容や実験関係の資料を渡し、今日のところは宿で休むように言った。

——留学費は国から出してもらっている。

後藤が帰ってから、何気なく言った先程の言葉が甦った。

その留学費の取得が危なくなっていた。留学の期限が切れるのである。

ツベルクリン療法の発表で世界が震撼していたこの時期、柴三郎に再び心配の種が生じていた。この年の末で留学の期限が切れるのである。

ツベルクリンについて、さらに研究を深めたいところだった。国費留学の場合、留学の延長はあり得ないので規則にも入っていなかった。あり得ない話が柴三郎の場合、覆され、延長された。それが再度、延長されるのは、どう考えても無理だった。

数日間考えてから、柴三郎はコッホに状況を説明した。

「いま、きみに研究所から離れられると困るのだが」

コッホは困惑していた。

「ツベルクリン療法はまだ緒についたばかりだよ、北里くん」

「わたしも先生のご意向に沿いたいのはやまやまです」

柴三郎は恐縮した。

「無理、なのかね」

「ええ、今度ばかりは……。一度延長されていますから」

「では、わたしが北里くんを雇うという形は駄目かね」

コッホは提案した。

「たいへん有り難いお話ですが、国は一度配慮してくれましたので、今度は国の方針を尊重したいと思います」

「そうか。諦めるしかないのか」

コッホはため息をついた。

「Es《エス》 ist《イスト》 sehr《ゼア》 shade《シャーデ》（非常に残念だ）」

と呟きながら天井を仰いだ。

柴三郎に残された時間はわずかしかなかった。


柴三郎の留学期限が一八九〇年（明治二十三年）末で切れる。これは厳然とした現実だった。じつは、柴三郎はこの年の十月に一年間の滞在延期願を内務大臣・西郷従道に書き送っている。が、梨のつぶてだった。コッホに残留を依頼されたものの、今度ばかりは柴三郎も諦めるしかなかった。

内務大臣から返事がなかったのは、国の財政事情が許さず、予算がつかなかったからである。

柴三郎は研究に邁進しながらも、帰国の準備を始めていた。下宿に帰ると、少しずつ荷物を整理した。ベルリンに留まり、四年余が経過する。実験に明け暮れていたので掃除も行き届かず、部屋にはこまごまとした雑貨が溜まっていた。使い古しの雑貨とはいえ、ひとつひとつが思い出の品だった。これまでの年月の重みを感じながら、持ち帰る物と捨てる物を区分けした。

——これはどうするか。

愛用の分厚い毛糸の靴下だった。底冷えの厳しいベルリンの冬もいまは懐かしく感じられた。靴下は擦り切れていたがまだ使えそうなので、持って帰る箱に入れた。

帰国準備とは裏腹に研究の密度は濃くなり、重要度を増していた。世界の最先端を行く研究テーマに展望が開けていた。時間はいくらあっても足りず、一日として疎かにできなかった。

小春日和を思わせるある暖かい日、後藤新平が慌ただしく柴三郎の実験室に入ってきて、

「おい、北里、きいたか。残れるぞ」

と言った。

「何だ、後藤、出し抜けに」

柴三郎は訳が分からなかった。

「喜べ、このベルリンに残れる」

「残れる？　何のことだ」

「滞在が延期されたのだ」

「本当か」

「嘘をついてどうなる」

「いや、すまない。信じられないのだ」

柴三郎は同じような台詞《せりふ》を吐いたような気がした。石黒忠悳がミュンヘン行きを命じたと

きだった。あのときは森があいだに入ってベルリン残留が決まった。

「一体、何があったのだ」

「それは分からない。いま、公使館に事務手続きをしてきたのだが、そのとき残留をきいた」

「そうか……」

柴三郎はまだ信じられなかった。奇蹟が起こったとしか考えられなかった。

「何があったのだろう、後藤」

「分からない。ききたいのはこっちのほうだ」

後藤新平は首を振った。

「公使館に行ってくる」

柴三郎はアルコールランプに蓋をして実験室を出た。そして、フォス街にある在独日本公使館に走った。クロスター街からウンテル・デン・リンデン通りを真っ直ぐ進む。ブランデンブルク門をくぐって左折すればフォス街である。このあたり一帯とティアガルテンは、〝ベルリン市民〟の柴三郎にとってもう自分の庭のように知悉していた。

公使室では西園寺公望《きんもち》が待っていた。この時、四十一歳の西園寺は後に政治家として二度組閣した。また、第一次世界大戦後に開かれたパリ講和会議では、首席全権大使を務めたのをはじめ、元老として力を尽くした。

「いま、後藤にききました。滞在が延期されたというのは本当ですか」

柴三郎は息切れした声で聞いた。

「本当だ。おめでとう、北里くん」

西園寺は頷き、手を差し出した。

柴三郎はその右手を固く握った。高貴な家柄出身のその手は柔らかかった。

「先ほど、本国から電報が届いた」

西園寺は一片の紙を柴三郎に示した。

「在独逸国留学内務省技手医学士北里柴三郎儀同国ニ於テ専ラ肺病治療法研究中ノ処昨今留学期限満期ニ付尚継続講究セシメ度旨ヲ以テ学資下賜ノ儀出願之趣及上奏候処特旨ヲ以テ金千圓下賜相成候条厚キ御趣意ヲ奉体シ其効果ヲ得ヘキ様示達可有之此段相達候也
　明治二十三年十二月十一日
　　宮内大臣　子爵　土方久元」

柴三郎は三回読み直した。しばらく震えが止まらなかった。

「陛下から御下賜金がいただけるのですか」

全く予想外の成り行きだった。文面では千円が支給されると出ている。巡査の初任給が八円の時代である。千円は破格の援助だった。

「そうだ。有り難いお話だ」

「感謝しても……」

あとは言葉にならなかった。やがて、涙が溢れてきた。

「感謝しきれません」

西園寺を前にして柴三郎は男泣きした。

――また、ベルリンで研究ができる。

そう思うと涙が溢れて止まらなかった。

「このたびのこと、どなたのご配慮ですか」

柴三郎はたずねる。

「コッホと長与専斎両先生の尽力だった」

コッホは西園寺を公使館に訪ね、北里柴三郎をもう一年間滞在延期できないかを相談した。ツベルクリン療法を発表し、世界の耳目を集めているコッホの強い希望である。西園寺はその旨、日本政府に打診した。だが、政府は予算上も、規則の上からも、これを許さなかった。この時点で、西園寺も滞在延期の件を諦めた。

ところが、日本国内で内務省衛生局長・長与専斎が動いていた。結核撲滅は国家の緊要課題と認識している長与は、コッホのツベルクリン療法に最大限の関心を払っていた。この新療法を日本に導入しなければならないと考えた一人だった。幸いにも、コッホの下には北里柴三郎がいる。この内務省の技手に、ツベルクリン療法についてさらに研鑽を積ませるのは重要であると信じた。

そこで、大日本私立衛生会の副会頭も務める長与は、会頭の山田顯義にツベルクリン療法の重要性を説いた。このとき、山田顯義は司法大臣で、長与の強い勧めに応え、宮内大臣・

土方久元に諮って恩賜を請願することとした。

その結果が、千円の下賜となったのであった。かくして、柴三郎は明治二十五年一月まで、留学が延長された。

柴三郎も完全に諦めた滞在延期だったが、水面下で何人かの要人が動いてくれた事実を知った。

――そうか。コッホ先生と長与局長が……。

柴三郎は胸の中で改めて二人に感謝した。と同時に、皇室の厚情に感激した。

柴三郎の留学は再延長された。ツベルクリン療法について、さらに研究を深める環境が整い、柴三郎に再び実験に明け暮れる日常が戻った。

あるひどく寒い日、柴三郎はコッホの部屋に呼ばれた。気温は氷点下十度を記録していた。

「実験のほうは進んでいるね」

コッホは少し疲れた顔で聞いた。

「ええ、先生から指示された薬品の力価《りきか》についてのデータは、もうすぐ出せると思います」

実験の進捗状況について、コッホが何か聞いてくるのは珍しいと思いながら柴三郎は答えた。

「エジプトにしばらく行くことにした」

コッホは眼鏡をはずしてレンズを磨きはじめた。

そう聞いたものの、柴三郎はコレラの流行地でもあるエジプトに最近、伝染病の発生を聞いていなかった。

「ご視察ですか」

「いや、旅行だ」

コッホは長くなるだろうとつけ加えた。

柴三郎が黙っていると、

「政府の動きが鈍い。困ったものだ」

と舌打ちした。

コッホの新研究所は秋口から建設が始まっていた。だが、その後の工事は順調とは言いがたかった。また、運営費についても政府内で予算が決まらず、遅々として進んでいなかった。プランが予定通りに進まない、こうした状況に抗議の意味をこめてのエジプト行きだった。

さらに、不機嫌の背景に、コッホの名実ともにライバルであるフランスの微生物学者、ルイ・パストゥールの動静がある。パストゥールは一八八八年十一月にパリにパストゥール研究所を完成させていた。一万一千平方メートルの敷地に建てられた三階建ての建物は、伝染病の研究と微生物学研究の一大中心地となっていた。

「いつ頃お帰りですか」

柴三郎はたずねる。コッホがエジプトに出かけているあいだの自分の予定を想定していた。

「分からない。政府の態度次第だ。わたしが留守のあいだも研究を怠らずに進めたまえ」

「もちろんです、先生」

柴三郎はコッホの帰りが遅くなるような予感を覚えた。

「北里くん、わたしはこの頃、何のために細菌学を学ぶのかを考えることがある」

コッホは磨き終わった眼鏡をゆっくりと顔にかけた。髭は見事に手入れされていた。

「杖になればいいと思うようになった」

「杖、ですか」

柴三郎はコッホが何を言いたいのか解しかねた。

「そう、杖だ。バクテリウム（細菌）の意味はどこからきているか知っているね」

柴三郎はギリシャ語で、短い杖、と聞いていた。

「そうだ。短い杖だ。もちろん、形状からきているのだが、杖は国民のための杖ではないかと思うこの頃だ」

病気で倒れないようにするための杖であり、健康を維持するための杖であるとコッホは言った。

「細菌学者は国民の杖とならねばならないというのですね」

柴三郎はそう言って、

「日本には、名医を表すのに、国手《こくしゅ》という表現があります」

とつけ加えた。国家を念頭に置いた医者である。

「その国手こそ、杖だ」

コッホが言うのを柴三郎は姿勢を正して頷いた。

コッホのための新研究所が、ベルリンのシューマン通りに完成したのは半年以上も経過した一八九一年（明治二十四年）七月である。〝三角形研究室〟と呼ばれたコッホの研究所は真上から見ると三角形をした三階建ての建物だった。研究方針として、象牙の塔だけに封印して自己満足で終わらせず、社会との繋がりを重視した。臨床施設としてシャリテ病院をそばに控えさせ、ツベルクリン療法の研究に万全を期していた。パストゥール研究所と遜色のないスケールだった。また、予算も潤沢で柴三郎はじめ、高名な門弟たちは自由で実のある研究ができた。

後年――、帰国した北里柴三郎は伝染病研究所を設立するが、それはこのコッホの構想と研究所を真似たものである。また、自ら主宰する研究所で、太鼓の撥状をした破傷風菌二個を交差させ、それを左右から月桂樹が取り囲んでいる図柄をシンボルマークとした。破傷風菌の純粋培養を成功させ、また、免疫血清療法の発見でも破傷風菌が関係していた。柴三郎は縁のある破傷風菌をシンボルマークとして、伝染病から国民を守る「杖」の意味もこめていたのであった。

八

コッホがエジプトに長期の旅行に出かけていた一八九一年（明治二十四年）のはじめ、柴三郎にイギリスから一通の手紙が届いた。ケンブリッジ大学のヘンキン博士からだった。これまで、万国衛生国際会議や学会でしばしば会って意見交換している。研究上の議論はお互いの刺激になり、実験に役立った。

――学会への招きか。

おそらく臨時の学会だろうと思いながら、封を切った。手紙は意外にも学会通知ではなく、柴三郎のケンブリッジ大学への招聘だった。大学の病理学部に細菌学研究所を新設するに付き、柴三郎に対し所長に就任してもらえないかという誘いである。

――所長に……。

柴三郎はただただ驚いた。ケンブリッジ大学といえば、十三世紀に創立されて以来の歴史を有し、オックスフォード大学と並んで伝統のある名門の私立大学である。そこの新設研究所所長への招聘だった。研究所の青写真はできていて、建物の規模や研究設備、所長としての待遇など、すべて理想的だった。研究者を厚遇する国の土壌が反映していた。

研究実績をあげたい研究者なら誰でも招きに応じたいほどの好条件だった。だが、柴三郎は断りの書簡を丁重に綴ってケンブリッジ大学に送った。

留学の再再延長を認め、六年余にわたりベルリン滞在を許可してくれた故国や千円という下賜金の殊遇を考えると、どんな条件を呈示されても受ける気は起きなかった。

「祖国に帰って恩返しがしたい」

と素直に思った。

「惜しい話だ」

同僚のヘルターは自分のことのように悔しがった。

「ケンブリッジ大学からの招聘は、世界的な評価を受けた証でもある。自分を世界にアピールする絶好の機会ではないか」

大学は破格の待遇を用意してまで柴三郎という人材を欲しかったのだが、柴三郎はそれでも翻意しなかった。

「なぜ承諾しないのか。こんな良い条件は二度とない」

別の同僚も口惜しがった。

柴三郎は招聘の話を忘れ、留学最後の年をコッホの研究所でツベルクリン療法研究の完成に費やした。連日、実験に明け暮れた。朝から晩まで実験室に閉じ籠もっていても、少しも疲労を覚えなかった。

——実験が一番だ。

実験機材や顕微鏡に囲まれていると、それだけで心が休まるのを感じ、細菌学を自らの人生の目的として選択したのは間違いではなかったと思った。

夏になって、柴三郎はイギリスで開かれる第四回万国衛生会議に出席するよう指示を受けた。オランダから海路、イギリスに渡る日程を組んだ。出発まで十分な時間がある。

「いい機会だ。先生に会おう」

先生とはマンスフェルトだった。熊本の医学校で柴三郎に医学を教え、上京してさらに医学を学ぶよう勧めた教師だった。マンスフェルトに出会ったからこそ、柴三郎は細菌学を修め、さらにドイツ留学を果たす道が拓けた。現在の自分があるのはマンスフェルトのおかげだった。そのマンスフェルトは日本で明治十二年に教師の勤めを終え、母国のオランダに帰国した。

会えれば、明治七年に熊本で別れて以来、実に十七年ぶりの再会である。

柴三郎は早速、手紙を送った。返事はすぐに届き、ぜひ会いたいという。教師時代同様の角張った、生真面目な文字だった。

柴三郎は日程を組み、万国衛生会議に出席する途上、ハーグに立ち寄った。出会ったら恩師にどんな顔をすればよいかわからなかった。気恥ずかしさとなつかしさがないまぜになって、何も話せないのではないかと恐れた。

ハーグ駅は夏期休暇の真っ最中で、避暑に出かける旅行客がくり出して込み合っていた。

柴三郎は混雑するプラットホームでマンスフェルトの姿を見つけ出した。

「先生」

柴三郎は人込みをかき分け、マンスフェルトに駆け寄った。旅行鞄がこの時ほど重く、邪魔に感じられたことはなかった。

「おお、北里くん」

マンスフェルトは右手を高く挙げて振っていた。柴三郎は恩師の手を握りしめた。

「先生……」

柴三郎はそれ以上の言葉が出ず、ただマンスフェルトの手を握った。大粒の涙が溢れて両手にこぼれ落ちた。

しばらく二人は言葉もなくお互いに手を握りしめ合った。

柴三郎は熊本医学校時代の教師・マンスフェルトを思い出していた。教師は学生を医者に仕立てる者ではなく、学生に研究上、行くべき道を示し、将来、単独で研究すべき方法を教えるものであるという教育方針だった。また、まず解剖学を徹底的に学んだ上で次の講座に入った。授業では、遅刻を厳しく諫めた。

「お元気そうで何よりです、先生」

ようやく柴三郎に言葉が出た。

「体だけは丈夫だよ、北里くん」

マンスフェルトは微笑しながら拳で胸を叩いて見せた。

「リウマチの具合はいかがですか」

熊本時代は杖をついて回診していた。

「症状はおさまっている。ヨーロッパのほうが乾燥しているからだろう」

　このとき、マンスフェルトは五十九歳だった。海軍の軍医としてならしたので、もともと体力には自信があった。帰国後はハーグ市で種痘局の局長を務めていたが、いまは一線を退いている。

「北里くんも元気そうだね」

　マンスフェルトは柴三郎の肩を叩いてみせた。成長したわが子を見るような眼差しを向けている。

　それからマンスフェルトは、妻子が避暑で海の保養所に出かけて留守なのでホテルを手配したと言った。

「本当は自宅に招きたいところだったのだが、許してくれたまえ」

「とんでもありません。ご配慮に感謝いたします」

　柴三郎は恩師の温情に感激した。

　そのまま予約のホテルに向かい晩餐をともにしてから、マンスフェルトは音楽会に誘った。あらかじめ切符を手配していたのである。その後、再びホテルに戻りビールを酌み交わした。

「お会いできて光栄です、先生」

　柴三郎は改めてマンスフェルトに礼を言った。

「光栄なのはわたしのほうだ、北里くん。きみの業績は黙っていても新聞で入ってくる」

　破傷風菌の純粋培養をはじめ、免疫血清療法の発見、ツベルクリン療法の研究など、柴三郎の研究や業績は逐一地元の新聞でも紹介されていた。

「きみの世界的な研究内容を土地の人がすべて理解してるわけではないが、このオランダで細菌学を学ぶ者はもちろん、医者できみを知らない者はいない」

わたしは鼻が高いというものだ、とマンスフェルトは言った。

「だが、悪い冗談をいう者がいる」

マンスフェルトは上機嫌だった。すでにビールが廻って赤い顔はさらに赤らんでいた。

「どんな冗談ですか」

「はたしてわたしがドクトル北里を教えたのか否かと」

「まさか、冗談にもほどがあります」

「そうなのだが、高名な北里くんをわたしが教えたとどうしても信じない者もいる」

世の中にはおかしなことを言う人がいるものだと柴三郎は笑い飛ばしたかった。

「できれば、一週間ほどこのオランダに滞在して、国内の大学を視察してもらいたい」

そして信じない者に少し説明してやってほしいと言った。

柴三郎も時間があればそうしたいところだったが、渡英の日も迫っていた。

翌一日だけマンスフェルトの案内でハーグ地区の大学を見学した。著名な細菌学者として大歓迎された。マンスフェルトは、その扱いに満足そうだった。再びホテルに帰り食事をともにした。

二人の話は尽きなかった。

翌朝、柴三郎は恩師に別れを告げ、ロンドンに向かった。第四回万国衛生会議には、柴三郎のほかに、日本から後藤新平、佐々木政吉、宇野朗などの医師も出席した。

柴三郎は会議に列席するのはもちろん、会長のリスターをはじめ、フランスのルウ、ロシアのメチニコフなど著名な医学者とも個別に意見交換した。収穫の多い国際会議だった。

この会議の合間に、ケンブリッジ大学のヘンキン博士が柴三郎に接触してきた。

「この前のお話、考え直していただけませんか」

話は大学に新設する細菌学研究所長への招聘の件だった。

「有り難いお話ですが、お受けできません」

柴三郎は丁重に断った。

「何か不足の点があるのでしょうか」

ヘンキンは英国紳士の威厳を保ちながらも、理解に苦しむという顔になった。痩せて、長身で、柴三郎とは二十センチ近くの身長差があった。

「不足などありません。わたしは祖国で自分の力を発揮したいだけです」

柴三郎の本心である。

「それは分かります。しかし、御国で先生のその優れた力を発揮できるでしょうか」

「どういう意味でしょう」

「失礼ながら、御国に先生の最先端の細菌学をさらに伸ばす研究所はないはずです」

その通りだった。内務省衛生局東京試験所ではとてもコッホの研究所のように実のある実験はできなかった。

「また、わがケンブリッジ大学が用意を予定している設備に他大学は追従できないはずです」

「分かっています」

「それでも……」

ヘンキンは首を傾げた。

「残念ですが、お受けできません」

と柴三郎は繰り返した。

ヘンキンは大袈裟に両手を広げ肩をすくめて離れて行った。

ヘンキン博士のいわば執拗な誘いは、あとで分かった話だが、他の大学や研究所がもっと有利な条件を柴三郎に呈示しているものと思ったようだった。

万国衛生国際会議を無事終えて、柴三郎はベルリンに戻った。再び実験生活が始まった。

留学最後のこの年、柴三郎ににわかに客が増えた。コッホによるツベルクリン療法の発表以来、日本からドイツに来た者は柴三郎に好んで会いに来た。これには柴三郎も閉口したが、懐かしい人物に出会う機会もあった。

ある日訪ねてきたのは、熊本医学校時代の後輩だった。

「おう、吉永くん」

柴三郎は笑顔で四歳年下の後輩を迎え入れた。マンスフェルトにも教えを受けた吉永亨だった。

「ぜひお会いしたくて訪ねてきました」

吉永は養子に行き、石神と姓を変えていた。熊本で学んだ後、上京し有志共立東京病院（後の東京慈恵会病院）で高木兼寛海軍軍医総監の指導を受けた。そしてこの明治二十四年に海軍軍医として、軍艦に乗りフランスにきて、欧州の衛生事情を見聞していた。

柴三郎は懐かしく熊本時代を回想し、ハーグでマンスフェルトに会った旨を話した。

「そうでしたか……」

石神は奇縁に驚いていた。と同時に、さらに、柴三郎から細菌学の最近の知見を聞き、感服して帰って行った。

この石神と後年、深い縁が生まれる。


コッホの新伝染病研究所も、一八九一年（明治二十四年）七月に完成し、柴三郎も新たな気分で研究できた。

夏が終わりにさしかかる頃、柴三郎のツベルクリン療法の研究が一段落した。コッホから求められていた実験の報告書も提出し、留学してから初めて精神的な余裕を感じた。

――乕には申し訳ないことをした。

故国に置いてきた妻への想いもつのっていた。二十五歳になっている妻とは音信もままならなかった。

この年の秋、柴三郎は一通の辞令を受け取った。

「留学年期満限後其帰途、佛、英、伊及米ノ四個国ヲ巡視シ旅行日数ヲ除キ通計二十日以内便宜滞在衛生事業ヲ取調フ可シ
明治二十四年十一月十八日
内務大臣　子爵　品川彌二郎」

留学の終了を伝えるとともに、帰国ついでにフランス、イギリス、イタリア、アメリカの四カ国の衛生事業を巡視するよう命じている。研究から少し解放されて、視察という名のしばしの観光旅行が許されたのである。

早速、柴三郎はこの辞令をコッホに報告した。

「そうか。いよいよこのベルリンを離れるか」

コッホはいまさらのように言った。

「先生には長い間、お世話になりました」

柴三郎は直立不動の姿勢で頭を垂れた。

「この先どうするか決めてあるのかね」

「いえ、これから考えます」

研究以外に何も考えずに過ごした六年だった。

「北里くん、きくところによると、きみはケンブリッジ大学のヘンキン博士の招聘を断ったというね。本当かね」

「本当です、先生」

「そうだったか。弟子たちはずいぶん羨ましがっていた」

「祖国に早く帰りたいと思います。先生からこの前おききした杖の話が印象に残っています」

「あれは譬え話で話したまでだ」

「いえ、感じ入りました」

自分も伝染病撲滅の杖となれれば良いと胸におさめたものである。

コッホは急に椅子から離れて、

「わたしが教えることはもう何もなくなった」

と柴三郎の手を握ってきた。

「いましばらく先生の下で学びたいところです」

柴三郎も立ち上がった。

「いや、その必要はない。きみは一人で充分やれる」

「わたしがこれまで研究できたのも、すべて先生のおかげです」

「祖国の発展に寄与したまえ」

コッホの研究所で育った著名な門下生は、いずれもコッホの下を旅立って行き、それぞれ一家をなしていた。自分にもそうした時期が到来したのだと柴三郎は考えた。

「先生の教えをこれから生かします」

柴三郎はコッホの骨ばった手を強く握り返した。すると、六年前にコッホの門を叩いた日のことが鮮明に思い返された。初めての留学で不安ばかりが募り、緊張は極に達していた。最初に訪ねた日、コッホは留守だった。たまたま休んでいたのだが、今後に支障がなければと願ったものである。翌日、部屋で会ったコッホは眩しかった。

そのコッホは長旅で疲れていないかと柴三郎の体調を気づかった。世界に知られた細菌学者にもかかわらず、尊大でもなく、見下すでもなく、遠来の名もない国からの研究生を優しく迎えてくれた。その後も態度は変わらない。だが、研究には厳格で容赦なかった。しばしも怠るなの教えを実行し、柴三郎も体力の限界に挑戦してきた。それでも、何度となく、激しく叱責を浴びていた。これは門下生の将来を思えばこその苦言だった。

その恩師と別れが近づいたと思うと、急に涙が溢れてきた。

「先生……」

涙はあとからあとから流れて止まらなかった。

「北里くん……」

コッホも胸を詰まらせている。

「わたしはきみのような門人を持って誇りに思う。ありがとう、北里くん」

コッホの眼鏡の奥が光っている。柴三郎が初めて目にした師の涙だった。

二人はしばらく声もなくお互いの手を握り合ったまま立ち尽くしていた。

翌年――、一八九二年（明治二十五年）三月二十八日、柴三郎はコッホの下を離れた。べルリンを発ち、まず、フランス、パリに寄った。

翌朝、フランスの新聞は、

「日本の大学者、北里来る」

と報じた。

これには柴三郎自身驚いた。パリに数日間滞在するあいだに、病院や大学、上下水道施設を見学した。

柴三郎がフランスで最も重視したのはパストゥールとの面会である。

ルイ・パストゥールは、アルコール発酵が微生物の働きによると実証した微生物学のパイオニアだった。また、炭疽病の研究や狂犬病ワクチンの開発でも知られている世界を代表する化学者である。この年、六十九歳になっていた。

――パストゥールに会えるだろうか……。

一八六八年、四十六歳のとき過労で脳卒中で倒れて以来、左の手足が不自由だった。高齢でさらに健康は阻害されていた。

コッホに学んだ柴三郎としてはパストゥールに会えれば、世界の細菌学界の二大巨頭から薫陶を受けることになり、研究の幅も広まる。

そのパストゥールから、病気をおして柴三郎に会ってくれるという返事が入った。

――よかったばい。

フランスに来た甲斐があった。

パストゥールに会う日、柴三郎は在仏公使館員とともに、パリ十五区のデュトー街に建つパストゥール研究所に向かった。

「あなたの活躍は頼もしく感じていました。今度は何を発表するのかといつも注目していました」

開口一番、パストゥールは言った。破傷風菌の純粋培養をはじめ、免疫血清療法の発見、ツベルクリン療法の研究など、柴三郎の研究をパストゥールは評価していたのである。

柴三郎は陰でそれほどパストゥールに注目されていたかと思うと、面はゆくもあり、光栄でもあった。

「先生は普仏戦争時、イタリアからの誘いを断ったときいています」

柴三郎は自らの疑問をパストゥールにぶつけた。普仏戦争でモルトケの率いるプロイセンにフランスは敗北を喫した。国家も疲弊し、パストゥールの研究生活も不如意に陥った。このとき、イタリア政府はパストゥールの窮状をみて、ピサ大学の化学教授に招聘すべく、諾否を打診したといわれている。

「それは事実だ」

パストゥールは答えた。

「ピサ大学の教授に就任すれば先生の研究は中断せずにすすめられます。にもかかわらず断りました」

「確かに、教授になれば、研究は継続できただろう。だが、悲劇の母国をさて置いて良い地位を求めたなら、わたしは脱走兵に似た裏切りで後々まで呻吟させられるだろう」

パストゥールは一呼吸置いて続けた。

「苦しいときこそ、一学者として国に何かできないかと考えてしまう」

パストゥールといい、コッホといい、祖国に寄せる愛着は人一倍強かった。柴三郎はこの世界的な二人の医学者の態度に見習いたいと思った。ケンブリッジ大学からの招聘を断り、祖国、日本で活動したいと考えたのは、正しかったのである。

「この世界は相変わらず、二つの対立する原理がせめぎ合っている」

静かにパストゥールは語り始めた。

パストゥールの指摘する原理とは、一つは流血と死の原理で、絶えず破壊の新しい手段を編みだし国民を戦場に駆り立てている。もうひとつは、平和、勤労、健康の原理で、降りかかる災難から人間を救済する新しい手段を開発しようとするものだった。

「人類を救済する原理を打ち立てることこそわれわれの目的です」

パストゥールは柴三郎を諭すように言った。そして、何を思ったのか、自分の顔写真を取り出すと、ペンを握って写真の上に何事かをなめらかに書きつけた。

「記念に持って帰ってください」

写真には、

『北里博士の偉大な業績を祝す
ルイ・パストゥール』

とサインされていた。

パストゥールはこの三年後の一八九五年九月二十八日、「人は働くものだ。わたしはできるだけのことはやった」と最後に言い残して死去した。享年、七十二だった。

フランスでの予定をこなし、イタリアに寄って柴三郎はロンドンに向かった。一週間滞在するあいだに、親しい細菌学者と会って意見を交換した。

ロンドンから海路、ニューヨークに渡った。ここでも何人かの研究者と会った。

「久しぶりです」

ウィリアム・ヘンリー・ウエルシ（一八五〇〜一九三四年。ガス壊疽菌の発見者。後に、ジョンズ・ホプキンス大学病理学教授）は柴三郎を歓待した。コッホの研究所に一年間学んでいたウエルシとはいわば同期生だった。

「アメリカで指導者として研究してみる気はないかね」

ウエルシは言った。

「それはどういう意味ですか」

かつての同僚からの申し出が理解できなかった。

ウエルシはアメリカの大学や病院が柴三郎を招聘したがっている話を告げた。フィラデルフィア市のペンシルバニア大学やブルックリン病院、ボルチモア病院などが柴三郎を招きたいらしい。

その条件を聞いて柴三郎は驚いた。

研究費として年間四十万円を自由裁量とし、別に報酬として年額四万円を支給するという。信じられない金額だった。破格の条件である。

だが、柴三郎の祖国・日本への恩返しの気持ちは固まっている。コッホもパストゥールも祖国愛で生きている。

「ケンブリッジ大学にも断った経緯がありますから」

丁重に柴三郎はこの申し出を辞退した。

「惜しい……」

信じられないという面持ちでウエルシは首を振った。

それから柴三郎はニューヨークを離れ、列車でカナダのブリティッシュ・コロンビア州バンクーバーに着いた。

このアメリカ大陸を移動しているあいだに柴三郎にプロシア国から、学術上の功績に対し、「プロフェッソル」の称号が与えられた。

外国人でこの称号を受けたのは柴三郎が初めてだった。

バンクーバーに到着した柴三郎は休む暇もなく、翌日、日本に向けて出港した。一八九二年（明治二十五年）五月十五日であった。

思い返せば、横浜の港を発ったのは、一八八五年（明治十八年）十二月五日だった。十三日の航海の後、再びその横浜港に着くはずである。

柴三郎の耳にドラが響いた。船が岸壁を静かに離れて行く。

「祖国に帰る……」

柴三郎は自然と胸の高鳴るのを感じた。デッキに一人佇み、小さくなるバンクーバーの港を見つめていた。アメリカ大陸は次第に遠ざかって行った。

（下巻に続く）

初　出　『週刊東洋経済』二〇〇二年四月二十七日号～〇三年七月二十六日号
単行本　『ドンネルの男・北里柴三郎』（東洋経済新報社、二〇〇三年十一月）

本書は、『北里柴三郎――雷《ドンネル》と呼ばれた男』上（中公文庫、二〇〇七年十月）の新装版です。二〇〇七年の文庫化にあたり、『ドンネルの男・北里柴三郎』上（東洋経済新報社、二〇〇三年十一月）を改題し、加筆修正を施しています。

中公文庫

北里柴三郎《きたさとしばさぶろう》 (上《じょう》)
——雷《ドンネル》と呼《よ》ばれた男《おとこ》 新装版《しんそうばん》

2007年10月25日 初版発行
2019年6月25日 改版発行

著 者 山崎《やまざき》 光夫《みつお》
発行者 松田 陽三
発行所 中央公論新社
〒100-8152 東京都千代田区大手町1-7-1
電話 販売 03-5299-1730 編集 03-5299-1890
URL http://www.chuko.co.jp/

DTP ハンズ・ミケ
印 刷 三晃印刷
製 本 小泉製本

Published by CHUOKORON-SHINSHA, INC.
Printed in Japan ISBN978-4-12-206747-9 C1193

定価はカバーに表示してあります。落丁本・乱丁本はお手数ですが小社販売部宛お送り下さい。送料小社負担にてお取り替えいたします。

中公文庫既刊より

ハ-11-1
細菌と人類　終わりなき攻防の歴史
ウィリー・ハンセン
ジャン・フレネ
渡辺　格　訳
古代人の鋭い洞察から、細菌兵器の問題まで、〈見えない敵〉との闘いに身を投じた学者たちのエピソードとともに、発見と偏見の連綿たる歴史を克明にたどる。
205074-7

マ-10-1
疫病と世界史（上）
W・H・マクニール
佐々木昭夫　訳
疫病は世界の文明の興亡にどのような影響を与えてきたのか。紀元前五〇〇年から紀元一二〇〇年まで、人類の歴史を大きく動かした感染症の流行を見る。
204954-3

マ-10-2
疫病と世界史（下）
W・H・マクニール
佐々木昭夫　訳
これまで歴史家が着目してこなかった「疫病」に焦点をあて、独自の史観で古代から現代までの歴史を見直す好著。紀元一二〇〇年以降の疫病と世界史。
204955-0

テ-3-2
ペスト
ダニエル・デフォー
平井正穂　訳
極限状況下におかれたロンドンの市民たちを描いて、カミュの『ペスト』以上に現代的でなまなましいと評される、十七世紀英国の鬼気せまる名篇の完訳。
205184-3

マ-14-1
セレンディピティと近代医学　独創、偶然、発見の一〇〇年
M・マイヤーズ
小林　力　訳
ピロリ菌、心臓カテーテル、抗うつ剤、バイアグラ…みんな予期せぬ発見だった！　飛躍を招き寄せたのは〈失敗〉そして〈偶然〉。ドラマチックな医学の発見史。
206106-4

も-4-1
渋江抽斎
森　鷗外
推理小説を読む面白さ、鷗外文学の白眉。弘前津軽家の医官の伝記を調べ、その追求過程を作中に織り込んで伝記文学に新手法を開く。〈解説〉佐伯彰一
201563-0

む-29-1
麦酒《ビール》伝来　森鷗外とドイツビール
村上　満
外国人居留地の英国産から留学エリートたちのもたらしたドイツびいき一色に塗り替えられる。長くビールの生産・開発に専従した著者が語る日本ビール受容史。
206479-9

各書目の下段の数字はISBNコードです。978－4－12が省略してあります。

カ-7-1
ルルドへの旅 ノーベル賞受賞医が見た「奇跡の泉」
アレクシー・カレル
田隅恒生 訳
二十世紀初頭、若き医師がルルドの地で目撃した、不治の病にある一女性に起こった奇跡。著者の生前発表されることのなかった引き裂かれた魂の告白。
206183-5

か-4-2
養生訓
貝原益軒
松田道雄 訳
益軒の身体的自叙伝ともいうべき「養生訓」は自然治癒の思想を基本とした自主的健康管理法で、現在でもなお実践的価値が高い。〈解説〉松田道雄
200442-9

き-6-3
どくとるマンボウ航海記
北杜夫
たった六〇〇トンの調査船に乗りこんだ若き精神科医の珍無類の航海記。北杜夫の名を一躍高めたマンボウ・シリーズ第一作。〈解説〉なだいなだ
200056-8

き-6-16
どくとるマンボウ途中下車
北杜夫
旅好きというわけではないのに、旅好きとの誤解からマンボウ氏は旅立つ。そして旅先では必ず何かが起こるのだ。虚実ないまぜ、笑いうずまく快旅行記。
205628-2

き-6-17
どくとるマンボウ医局記
北杜夫
精神科医として勤める中で出逢った、奇妙きてれつな医師たち、奇行に悩みつつも憎めぬ心優しい患者たち。人間観察の目が光るエッセイ集。〈解説〉なだいなだ
205658-9

ひ-32-1
死をどう生きたか 私の心に残る人びと
日野原重明
著者入魂の書。主治医として看取った人びとの真摯な姿を描きながら、死を受容することの意味について深く考える。亡き妻への追憶を初めて文章にして加筆。
206179-8

ひ-32-2
長寿の道しるべ
日野原重明
「長生きだけでは意味はありません。その長寿を楽しむことこそが理想的な生き方です」。満105歳にしてなお意気軒昂な元気の秘訣を教えましょう！
206354-9

は-73-1
幕末明治人物誌
橋川文三
吉田松陰、西郷隆盛から乃木希典、岡倉天心まで。歴史に翻弄された敗者たちへの想像力に満ちた出色の人物論集。文庫オリジナル。〈解説〉渡辺京二
206457-7

各書目の下段の数字はISBNコードです。978-4-12が省略してあります。

あ-18-3
榎本武揚
安部公房
旧幕臣を率いて軍を起こしながら、明治新政府に降伏した榎本武揚。彼は時代の先駆者なのか、裏切者か。維新の奇才のナゾを追う長篇。〈解説〉ドナルド・キーン
201684-2

あ-75-6
西郷隆盛　維新の功臣　明治の逆賊
相川司
維新最大の功臣と謳われながらも、西南戦争を起こし明治の逆賊の汚名を負った西郷隆盛——その成功と失敗を通じて波瀾の生涯を読み解く書き下ろし歴史評伝。
206468-3

た-5-3
高橋是清自伝（上）
高橋是清
上塚司編
日本財政の守護神と称えられた明治人の足跡。海外を流浪した青年時代、帰国後大蔵省に出仕するも飽きたらず、銅山経営のため南米に渡るまでを綴る。
206565-9

た-5-4
高橋是清自伝（下）
高橋是清
上塚司編
失意の銅山経営から帰国後、実業界に転身。やがて日本銀行に入る。そして日露戦争が勃発、祖国の命運を担い、外債募集の旅に赴く。〈解説〉井上寿一
206566-6

た-5-5
随想録
高橋是清
上塚司編
日本財政の神様がその晩年に語った、財政政策や、政党党首として接した大正デモクラシーの群像、文化や教育、女性観に至るまでの思索の軌跡。〈解説〉井上寿一
206577-2

ま-2-3
回顧録（上）
牧野伸顕
重臣として近代日本を支えた著者による、政治・外交の表裏にわたる貴重な証言。上巻は幼年時代より、イタリア、ウィーン勤務まで。〈巻末エッセイ〉吉田健一
206589-5

ま-2-4
回顧録（下）
牧野伸顕
文相、枢密顧問官、農商務相、外相などを歴任し、パリ講和会議にのぞむ。オーラル・ヒストリーの白眉。年譜・人名索引つき。〈巻末エッセイ〉小泉信三、中谷宇吉郎
206590-1

く-12-1
鹿鳴館の貴婦人　大山捨松　日本初の女子留学生
久野明子
会津藩に生まれ十一歳で日本初の女子留学生として渡米、のち陸軍卿大山巖と結婚して〈鹿鳴館の華〉と謳われた曾祖母の素顔を追う。〈解説〉佐伯彰一
201999-7